知乎

有问题 就会有答案

U0525832

女孩别怕

她正闯入世界

田静·女孩别怕 著

台海出版社

卡车司机 琳宝

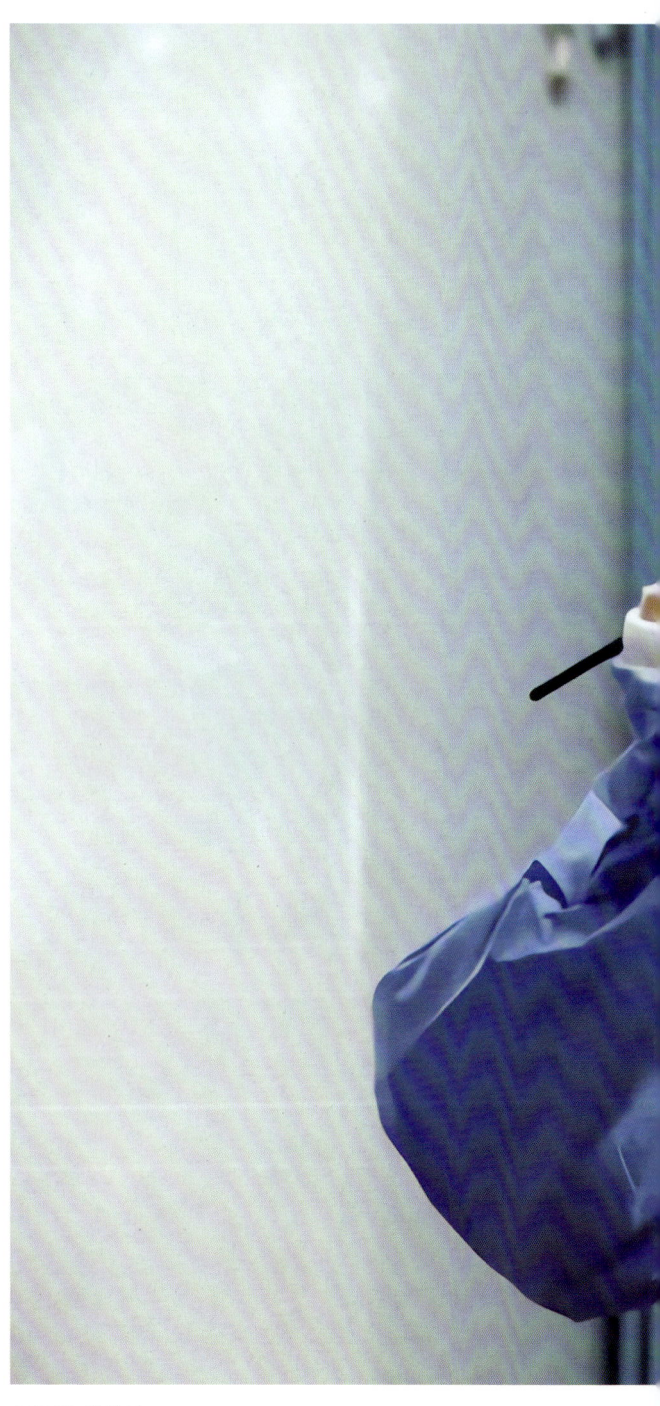

入殓师 陈韵秋

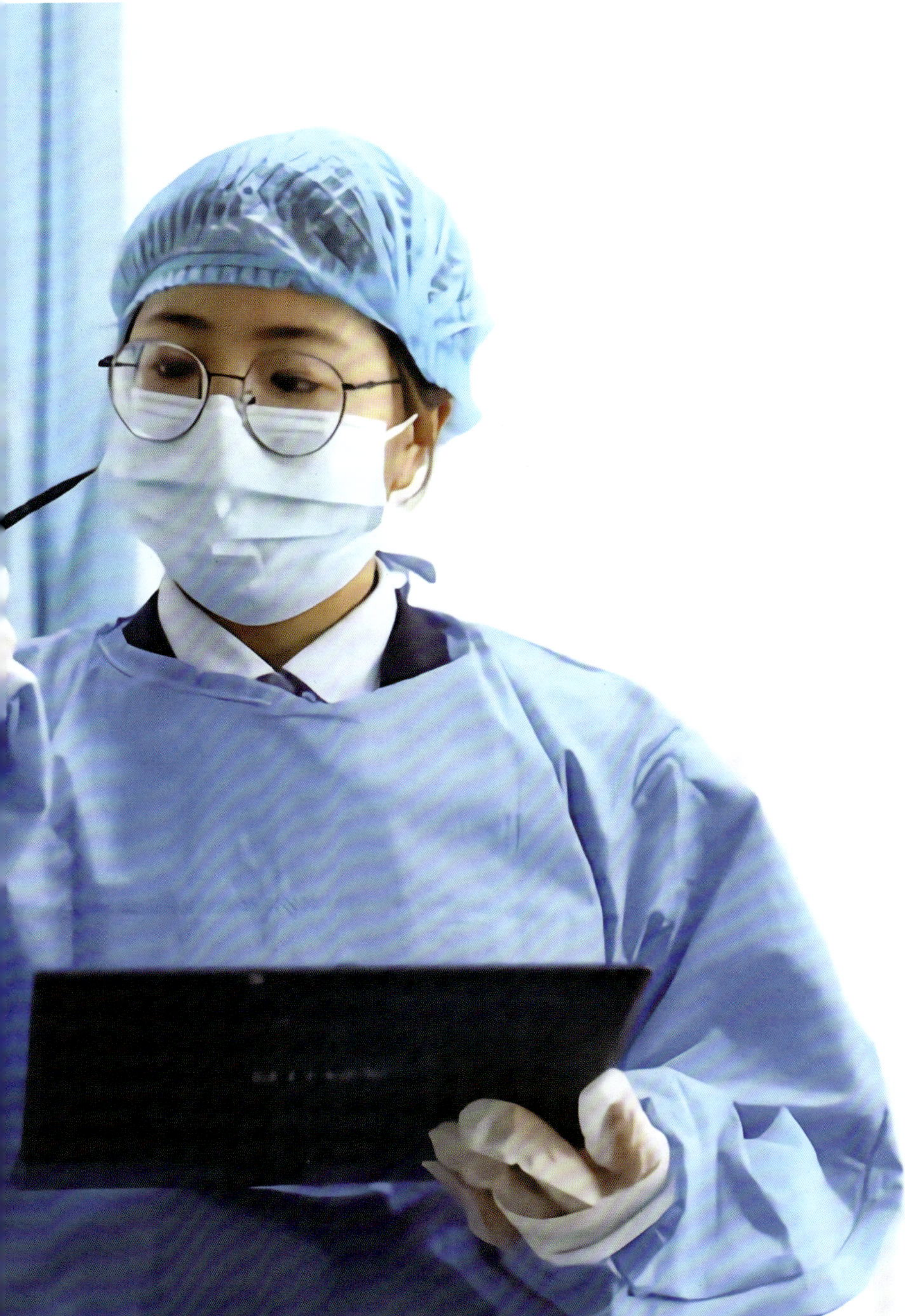

舞狮少女　黄宝仪

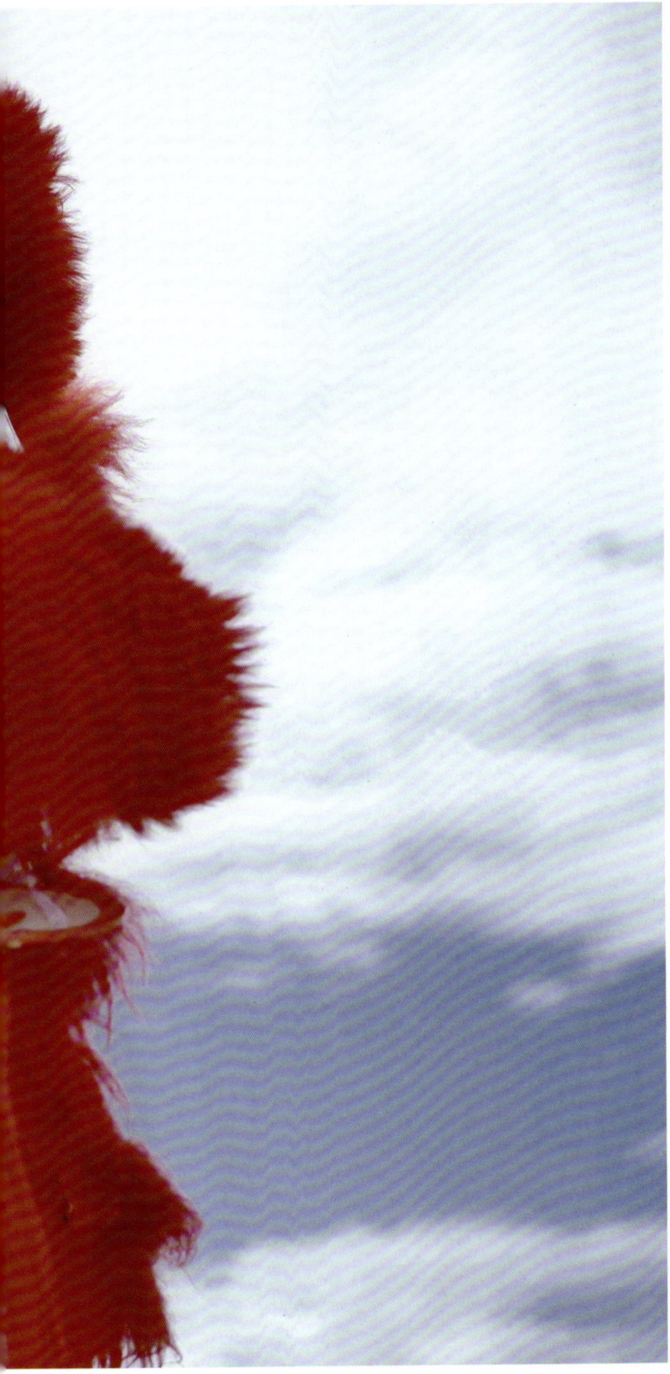

新疆养狼 吴燕

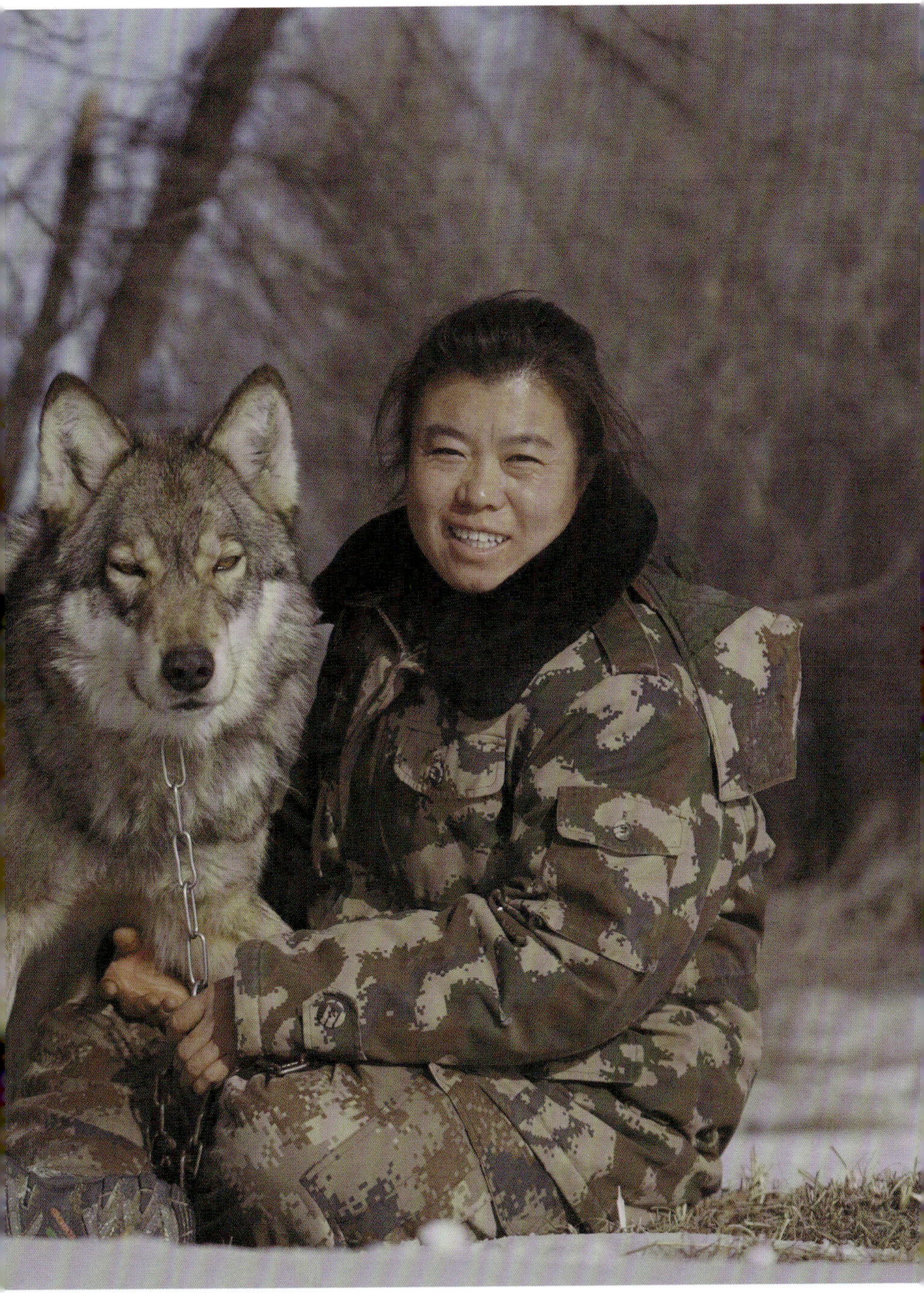

摩托车赛手 燕子

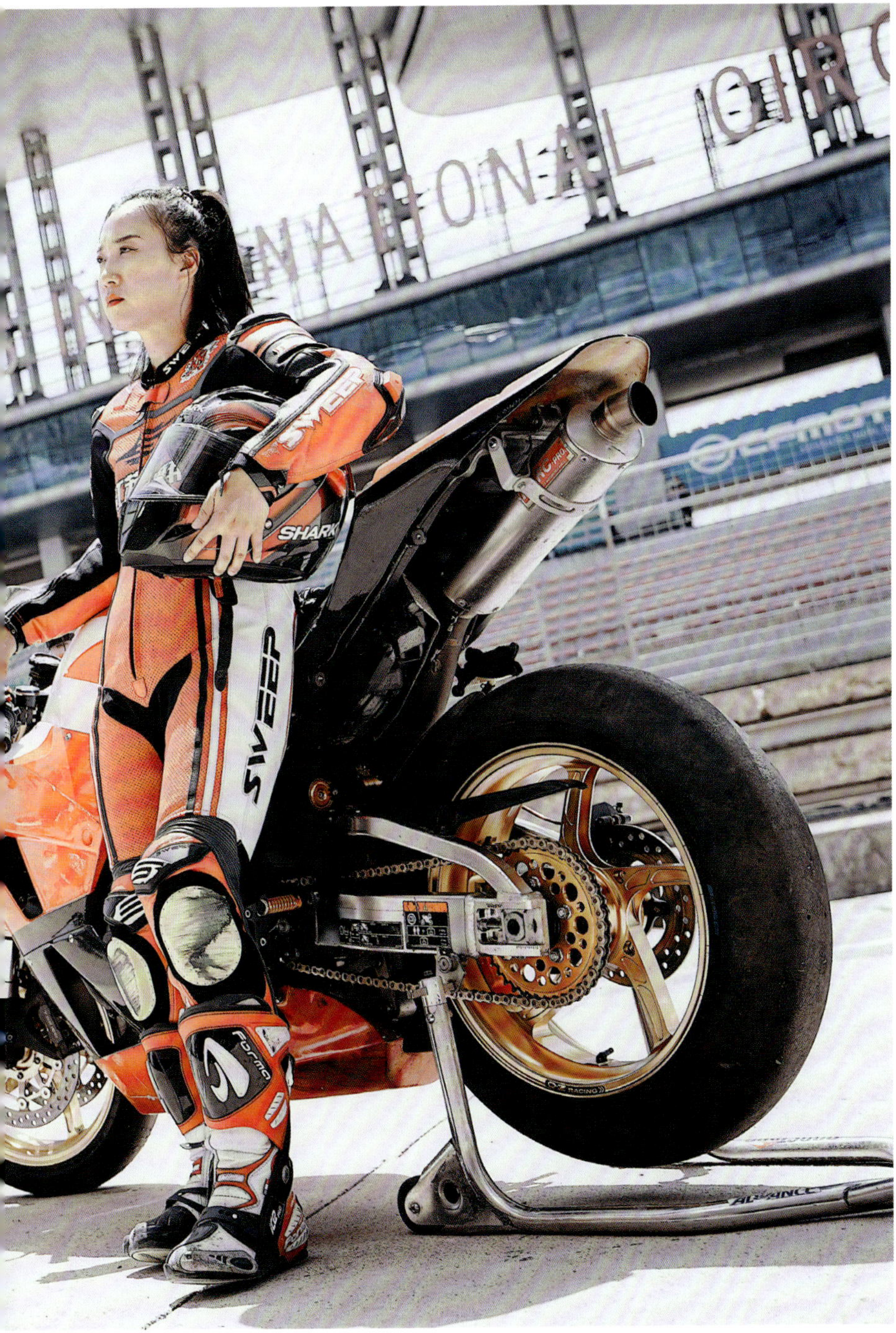
SWEEP
SHARK
SWEEP

中老年女装模特　梁晓琴

中老年女装模特 梁晓琴

流浪歌手 玲子

流浪歌手 玲子

脱口秀演员 小雪

讲"一地鸡毛"的女喜剧人 小雪

二手衣博主 江江

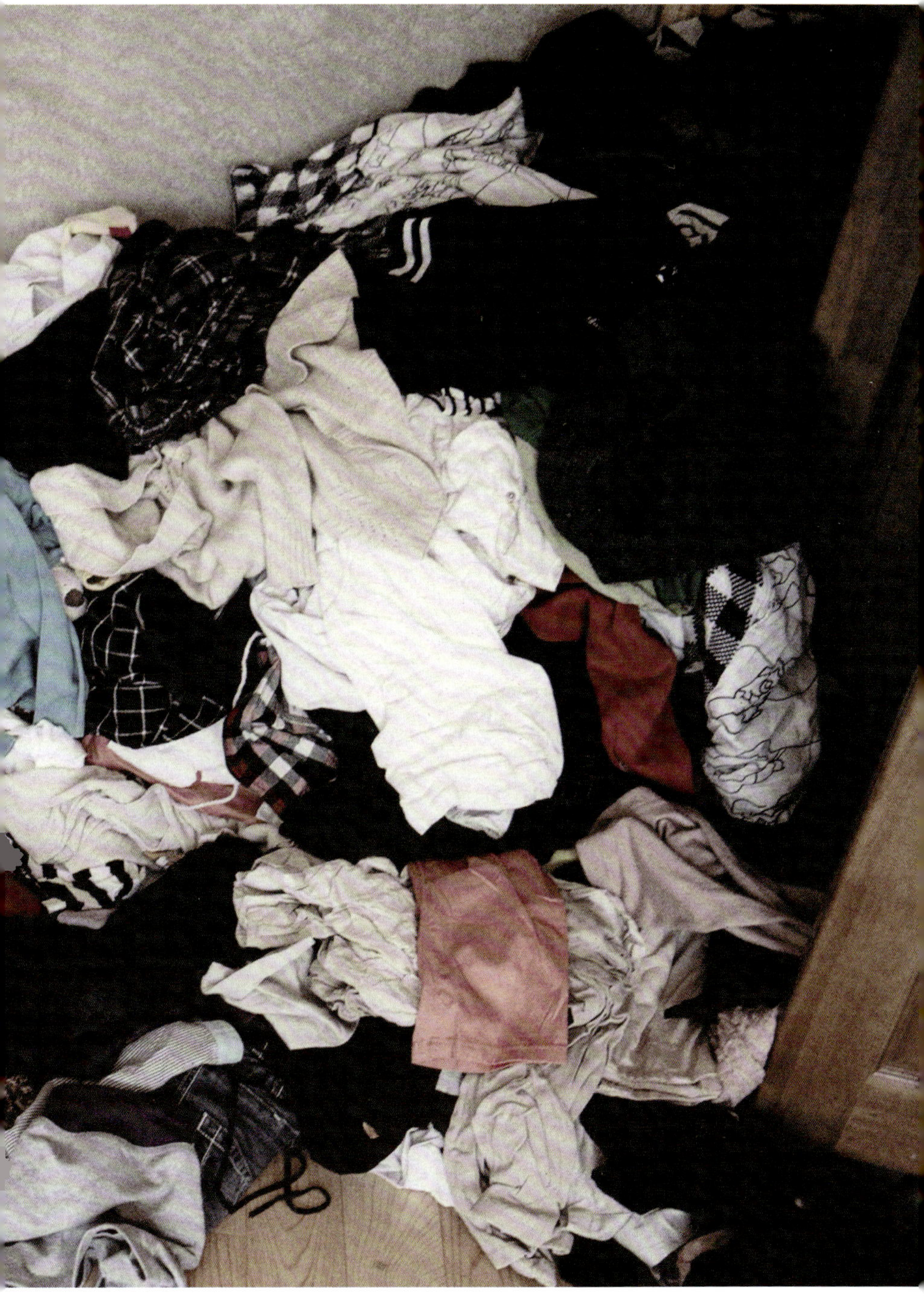

金刚芭比　萧十七

美人鱼 黄婷

美人鱼 黄婷

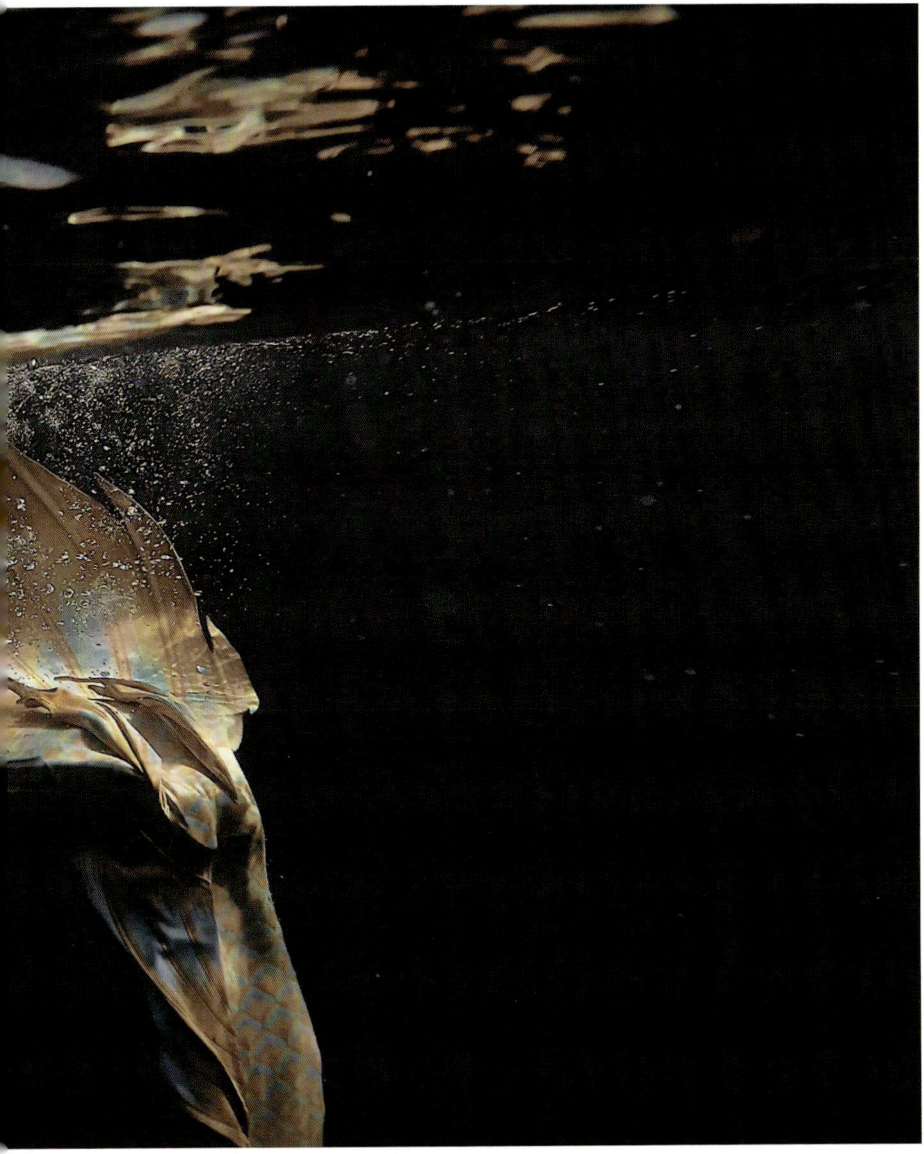

宠物墓碑师 吴彤

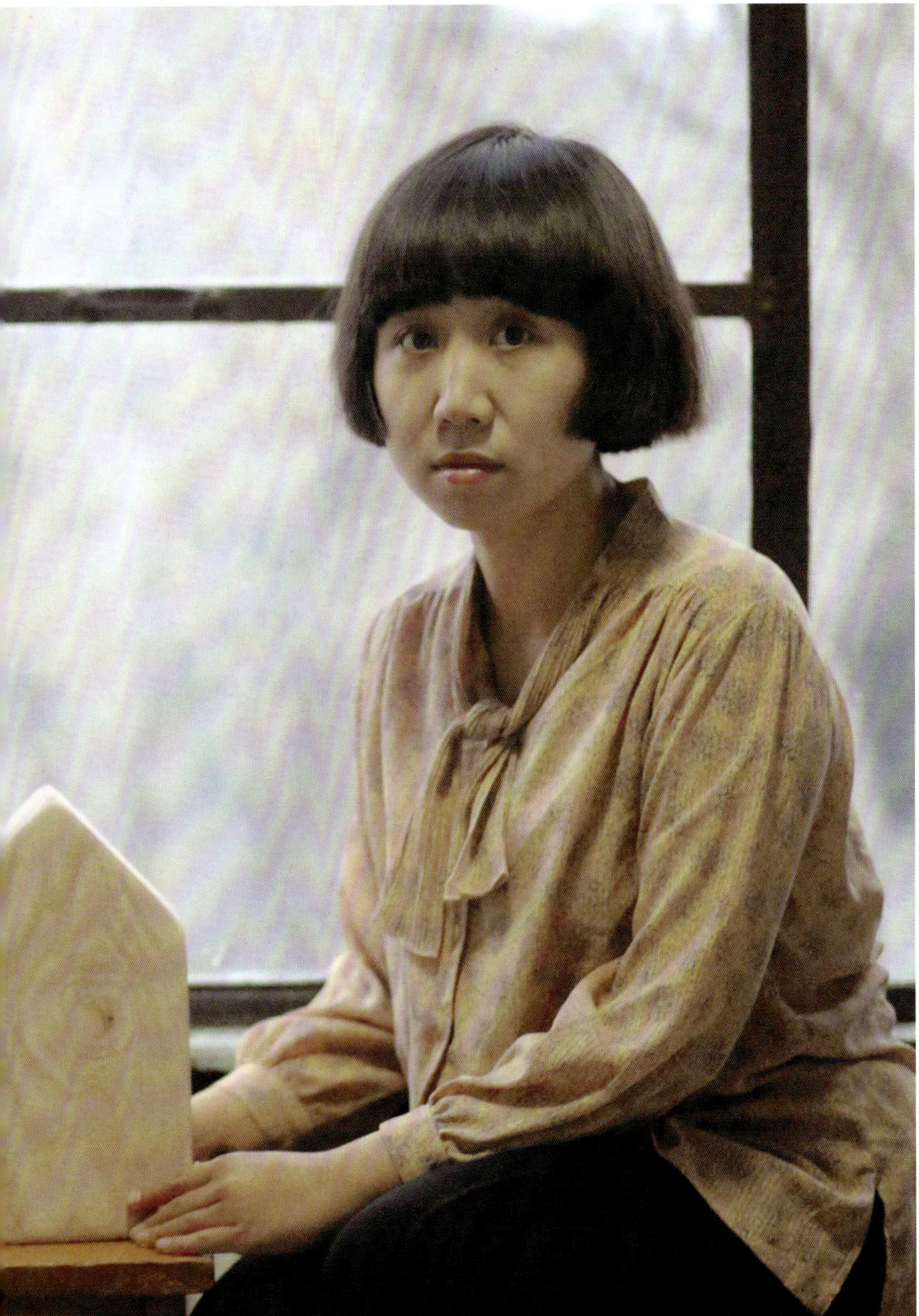

吴彤给小 Q 提前做好的墓碑

Beloved Q
November 6, 2005-
You teach us to love unconditionally.

RIP

Our little buddy, you left
paw prints on our hearts

独立书店店长 Gigi

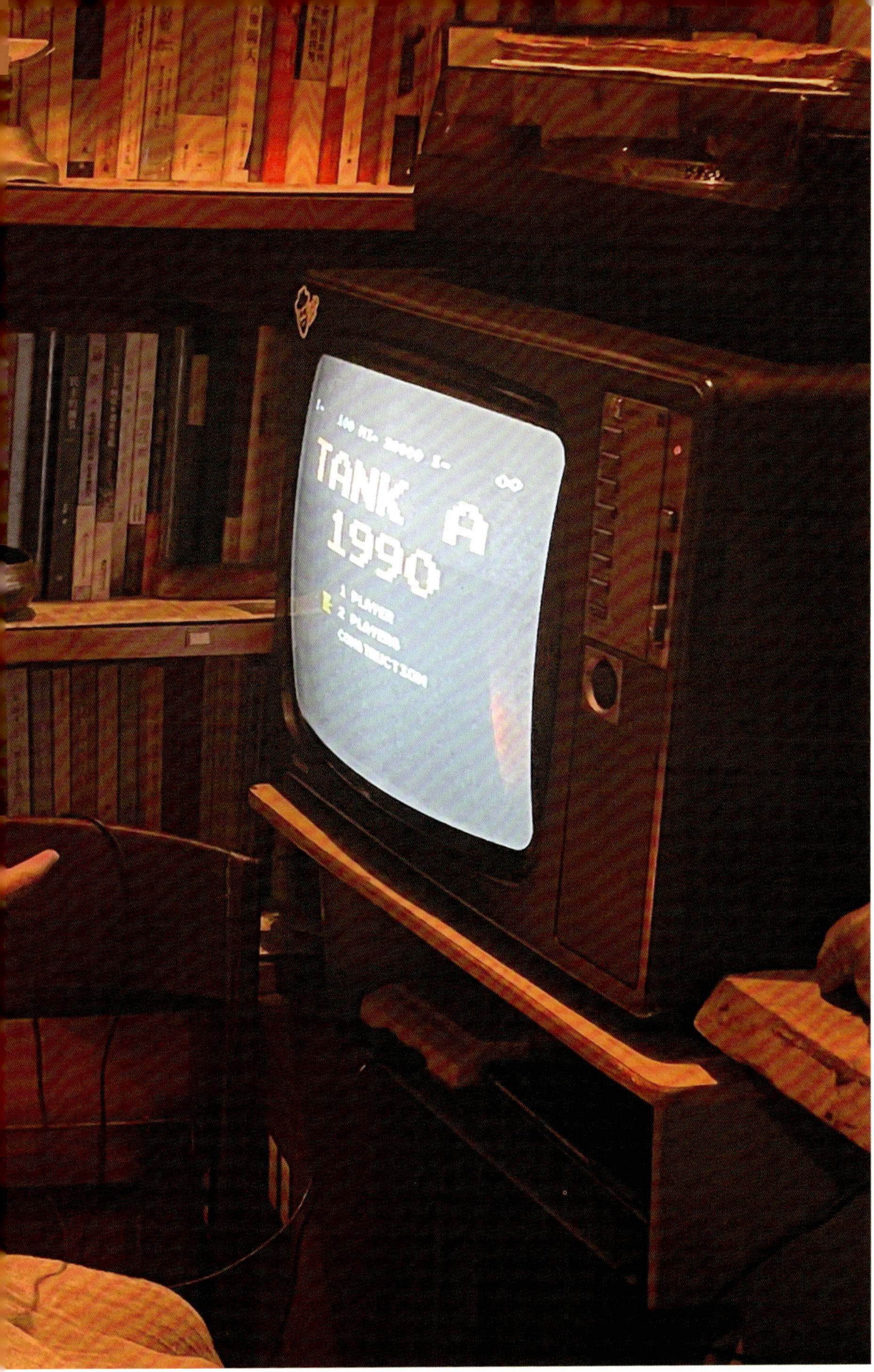
TANK A
1990
1 PLAYER
2 PLAYERS
CONSTRUCTION

义眼师　昕瞳

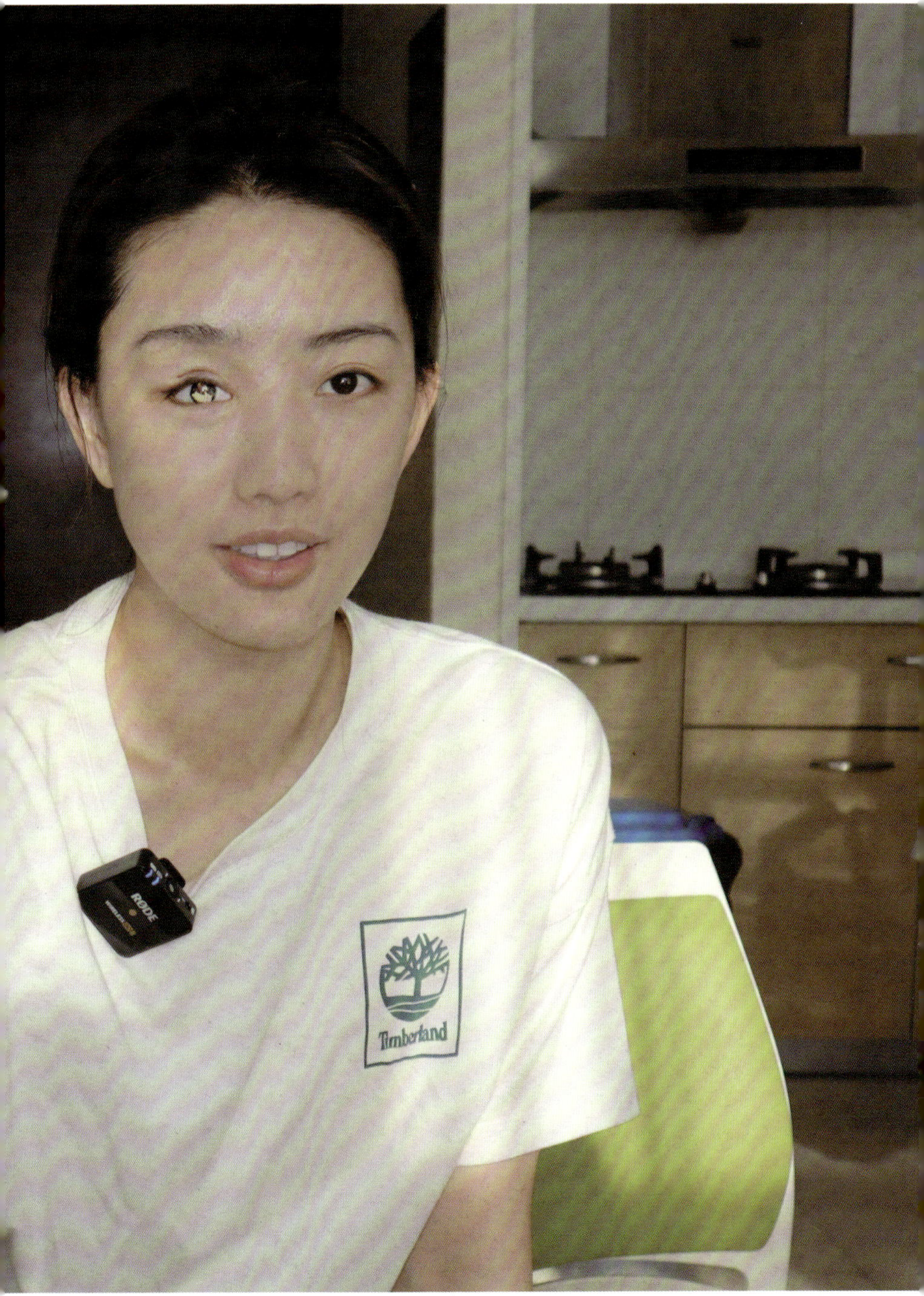
RØDE
Timberland

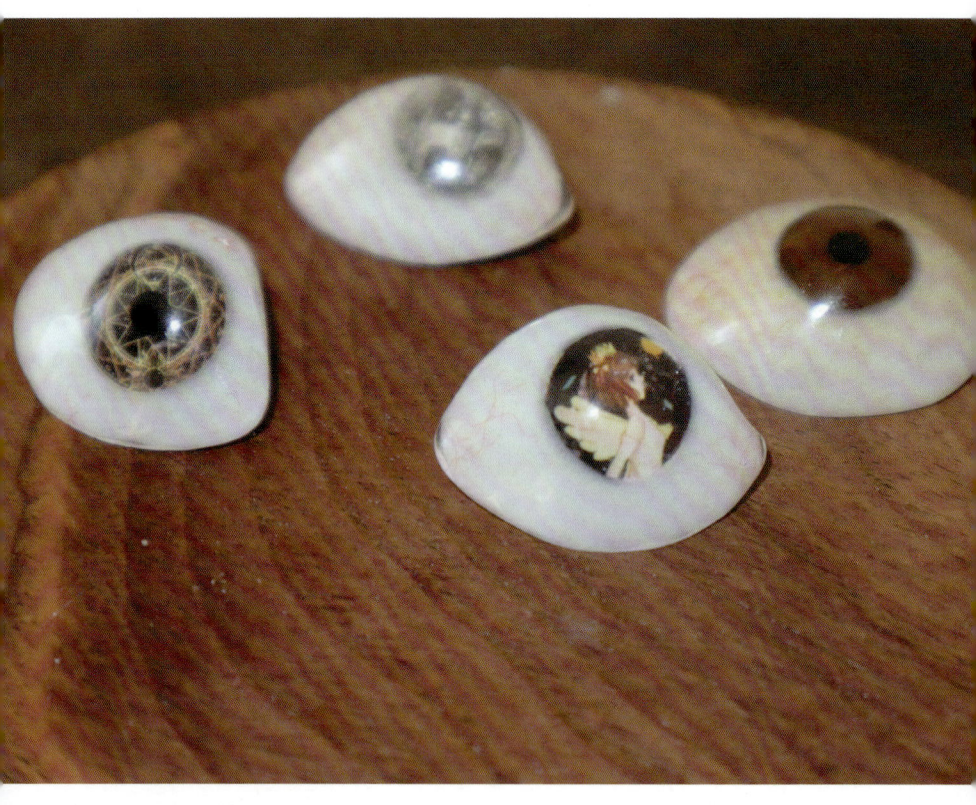

昕瞳制作的特别款义眼

序
Preface

大家好,我是田静,"女孩别怕"的主理人。

2021年,在中国外文出版发行事业局的一场纪录片放映会上,我认识了琳宝。这部片子的导演是个英国人,叫柯文思,曾获得过奥斯卡最佳纪录短片奖。而琳宝正是他镜头里的女主角之一。

放映会上,有不少来自政界和商界的大人物,但琳宝像一颗闪耀的星星,几乎吸引了全场的注意力。琳宝不是为镁光灯而生的女明星,而是一名普通的卡车司机。说实话,在认识琳宝之前,我没见过其他的卡车女司机。

这个群体,几乎被打上了"男性专属"的印记。和印象里那种理着平头、身材壮实、皮肤黝黑的卡车司机不同,她20多岁,长着一张娃娃脸,个头娇小,站在自己的卡车跟前,头顶将将与车门齐平。

尽管初中还没毕业就被迫辍学,但这个来自云南乡村的女孩毫不怯场,也不故作谦逊,而是快乐地和大家分享她"驾驶 56 万千米"的战绩,以及要独自买房、过上好日子的决心。她神气十足地总结:"我觉得自己很厉害,因为我证明了女性也可以开大卡车,可以做好很多事。"

其实很长一段时间里,琳宝遭遇过不少非议。网上有许多人认为她是"网红",根本不会开车;也有人骂她嘚瑟,自以为了不起;还有人劝她,一个女孩子,别干这么辛苦的工作了,在办公室舒服地坐着多好。

说来说去,其实指向的都是对她的不信任:真有女性能做卡车司机吗?

我忘不了琳宝谈论自己职业时的骄傲,眼睛里溢出热切的光,脸上透着化妆品修饰不出的光彩。我想,对她来说,做这份只有极少数女性做的工作,是一种对抗偏见的姿态。对抗性别偏见,对抗不可能,对抗恐惧。

琳宝的故事,像是一则关于勇气的都市寓言。

有读者看完她的故事后留言说,自己一直不敢学车,现在决定去学；有人说，琳宝让她想起了自己的妈妈——一位公交车司机，她从小以妈妈为榜样，想到什么就去做，从不纠结。

作为一个女性平台，"女孩别怕"一直有一个使命：让所有女性免于恐惧。因此，我们写过许多实用性的科普文章，比如应对突发事件的安全指南以及法律、生理、心理知识的科普文章，让智慧击碎未知的暗礁。

但要打败恐惧，不仅需要智慧，更需要勇气。勇敢是一种具有传染性的宝贵品质。一个关于勇敢的故事，一段关于勇敢的经历，能激励许多人生长出尝试的信心。

心理学上有个概念叫"替代性经验"，意思是找到和我们差不多的人作为参考，通过观察他们的行为、成就，能够增强我们自己的能力和信心。即便未曾亲历，他们的经验仍旧会在我们心中留下痕迹，成为我们记忆的一部分。

所以，我在"女孩别怕"上线了一档名为"姿态POSE"的栏目，其中一类故事就是"做着少数职业的女性"。这里的少数职业，既指的是常规职业、但女性从业人数少的，也有本身就稀奇少见的。

之所以选择讲"女性职业故事",是因为职业对我们来说太重要了。自成年后,它几乎占据了我们大部分时间,也塑造着我们的观念、行动和价值观。但是,你会发现,女性在职业选择上并不那么自由。

正如有人劝琳宝别开卡车、太危险一样,我相信许多女孩从小到大,听过最多的一句话就是:找个稳定的工作,生活还是稳定点好。

性别身份,意味着你自降生起,就必须面对各式各样的偏见。这种偏见,不只存在于职场,还存在于我们生活的方方面面。这种偏见,有时是以明令禁止的方式出现;有时是傲慢与偏见,尖锐地否认你,你不行,你干不了,你不适合;还有时是糖衣炮弹和苦口婆心的"规劝",别那么辛苦,接受既有的社会分工,去选择一条更平坦的路吧。

它们恐吓你,告诉你分叉小路上危险丛生,让你只敢循规蹈矩地生活;它们打压你,让你不相信自己的勇气和能力,迫使你待在"应在"的位置上。

于是,我们在父母的规划下,在社会的期待中,安稳地走在命运写定的轨道上,一刻不敢偏离。在人生的分叉路口,我们只做最安全的选择。我们恐惧对抗，对生活和自我的想象力逐渐熄灭，最终成为偏见的捍卫者。

但我相信，身为女性，我们的力量也比想象中要强大。有偏见的地方，就会有去打破它的人。

2020年，我读到过一份令人诧异的"俄罗斯女性禁止从业职业清单"。其中列举了456个职业，包括船长、火车司机、下水道维修工、消防员等。20年来，许多俄罗斯女性遵循着这份清单生活。"女性不应该做这些"，几乎成了一种社会共识。

我想知道，她们是否为此抗争过？查找资料后，我看到了一位女船长的故事。

在俄罗斯伏尔加河下游城市萨马拉的港口，漂着一艘船。如果你现在去那里，还能找到它。它是一条看上去平平无奇的船，但当你靠近船舱，探身望去，会发现船长是个年轻的女人——她叫斯维特兰娜，因为她，这艘船现在人尽皆知。

3692千米长的伏尔加河上，数十万艘船来来往往，但由女船长掌舵的，寥寥无几。不许女性做船长的理由是船只开动的时候，发动机会发出隆隆的轰鸣声，这工作环境太嘈杂、太糟糕了，对健

她正闯入世界

康不利，不适合女性。

这样"为你好"的论调，熟悉吗？这种声音下暗藏着另一个事实：船长是引领船只的领袖，也是一份薪资体面的工作。

但斯维特兰娜偏偏不服。她从小就梦想着成为海员，从河校毕业后，当水手，升职为领航员，大大小小的奖项拿了无数，但就是做不了船长。

为了对抗禁令，她开启了长达五年的硬核诉讼，萨马拉各个级别的法院都有她的身影，结果总是败诉、败诉、败诉。

这五年里，她变得一无所有。她离了婚，独自带着两个孩子，日子过得紧巴巴，周遭的人也不理解她的坚持，把她看作一个又轴又蛮横的疯女人。直到最后一次——她把地方法院的判决提交到俄罗斯最高法院。

这一次，她胜诉了。

2020年3月，斯维特兰娜正式就任船长。坐在船长室掌舵的那一刻，胜利的不只是她。在俄罗斯，还有许多个倔强的斯维特兰娜。她们促成了改变的发生。2020年夏天，俄罗斯劳动和社会保

序

障部决定压缩受禁职业到 98 个，从 2021 年初开始，俄罗斯女性终于可以合法地做跳伞教练、机修钳工，开拖拉机和大货车了。

在中国，也有无数打破偏见、充满勇气的女性。中国首位进入太空的女航天员刘洋，首位诺贝尔生理学或医学奖得主屠呦呦，海军首位女舰长韦慧晓……她们不仅成就了自我，还拓宽了后来人的路。

除了这些里程碑式的人物，还有许许多多突破性别身份带来的限制，遵循自我意志生长的女性。"姿态 POSE"里，我记录了许多类似的故事：在殡仪馆做化妆师的女孩，气魄十足的舞狮少女，从体制内辞职的流浪歌手，跑回成都做书店店员的名校生，失明后做义眼师的舞者……她们的出身或许普通，人生经历也曾充满遗憾，却鼓足勇气奋力跳下轨道，做起了自己喜欢的职业。

我想通过记录她们的故事，让勇气去唤醒沉睡在胆怯山洞里的人。

了不起的她们，值得被看见。

勇敢打破偏见的每一个人，都是了不起的代名词。

目 录
Contents

第一章

"95 后"卡车女司机，闯入男性世界 / 002

拿不到心动 offer 的工科女：我不要被怜香惜玉，只想霸气地修柴油机 / 020

"95 后"女入殓师：你们看到遗体只会害怕，我却想给他们做个 Spa / 030

舞狮少女：一场表演 100 元，仍想让世界看到我的气魄 / 044

第二章

37 岁，不婚不育，跑去新疆给 200 只狼当妈 / 056

39 岁的女摩托车赛车手：性感外的"好奇心"和"不甘心" / 068

"90 后"做中老年女装模特 / 081

摘下名校光环，逃出体制内，一个流浪女歌手"在路上"的 17 年 / 092

▶ 第三章

对不起,当代女喜剧人,不扮丑 / 106

翻遍全国 50 个城市 1000 个女孩的"衣柜"后,她发现:原来我们都"病得不轻" / 118

"身上肉越多,我觉得自己越性感" / 130

热爱潜水的农村女孩,成了海洋馆里的"美人鱼" / 141

▶ 第四章

宠物墓碑师:给 9205 只宠物打造死后明亮干净的"家" / 160

名校留学的我,成了妈妈眼里"书店的卖书阿姨" / 179

盲人女孩:反叛写定的命运,在大厂做测试工程师 / 191

车祸失明后,她成了"眼睛会发光"的义眼师 / 210

第一章

她正闯入世界

她正闯入世界

▶ "95后"卡车女司机，闯入男性世界

从云南那个群山环抱、山路曲折的小村子逃出来那年，琳宝刚成年不久。

在她当时还没有摘掉"国家级贫困县"帽子的老家，有时不时侵扰的洪水和地震，有大片因基岩裸露而无法开垦的土地。还有她才两岁的儿子，和大她10岁、不高兴时就会动手的"丈夫"。

搭着火车北上，琳宝来到同乡口中"遍地是机会"的东部沿海省份浙江。她在工厂组装过零件，遇到了爱情，还学会了一桩稀罕事——开卡车。

2020年发布的《中国卡车司机调查报告》显示，100个卡车

第一章

司机里，大约只有一位是女性[①]。

女司机干着和男司机同等辛苦的活儿，哪怕生理上并不对等，有人甚至月经期、孕期、哺乳期都在开车。

个头小，不到 1.6 米的琳宝，成了这百分之一。她大概也是卡车女司机这个群体里，最出名、最有代表性的一个。站在大卡车面前，她的头将将与车门底齐平。

卡车，这个高达四米多的庞然大物，琳宝驾驶起来一点也不畏惧，甚至还敢往快了开。它是个沉默而忠实的伙伴，给琳宝带来每月一万多元的收入，带来了关注和名气，也带来了展望新生活的可能。

在还未与卡车打上交道的日子，琳宝没有钱，也不自由。15 岁时，父母因为 6000 元彩礼让她嫁了人；23 岁时，丈夫要求她老老实实当"卡嫂"[②]，不要学开车。但她凭着一股蛮劲儿，挣脱掌控，闯进城市，闯入男性主导的卡车世界，牢牢把住了自己人生的方向盘。

她的大卡车，正一往无前地驶向自由。

---

① 中国物流与采购联合会，《2021 年货车司机从业状况调查报告》，http://www.chinawuliu.com.cn/lhhzq/202106/29/553128.shtml。
② 卡嫂，对货车司机妻子的昵称。

她正闯入世界

1. 了不起的闯入者

到目前为止，琳宝开着卡车行驶超过 56 万千米的路程。

她长着一张鹅蛋脸，弯弯的笑眼仿佛能淌出蜜。张口是娃娃音，却奇妙地混合着十足底气，一字一句，说得斩钉截铁。在人群中，你总能通过极具穿透力的清脆笑声找到她。在陌生人面前，她也不露怯，能顺着一个话题聊上半天。

看上去，琳宝和其他 25 岁的年轻女孩没什么两样，活泼、漂亮，还很健谈。认识她的人，评价出奇地一致：主动、热情、有感染力。但如果你注意到她的双手，会发现它们出乎意料得粗大，掌心外缘和指腹上磨出了厚厚的茧子。这是长期紧握方向盘的证明。

她原名张琳，朋友们却亲昵地唤她"琳宝"。

琳宝开半挂牵引车，一种庞大而笨重的重型货车。她身高 1.58 米，站在足足近三个她那么高的卡车前，显得尤其娇小。这是一个将将过安全线的数字——要想开货车，就得在 C1 的基础上，通过考试增设 B2、A2 驾驶证，它们对驾驶员的最低身高要求是 1.55 米。小个子、女性，这两个元素结合，让琳宝变得尤为引人注目。

第一章

拿下驾驶证后,她先后在两家公司干过,都是公司中唯一的卡车女司机。卡车女司机究竟有多罕见?2016年发布的《货车司机从业状况调查报告》显示,中国货车女司机占比约为0.8%。2019年的"中国卡车司机调研课题组"根据问卷估计,女司机约占4.2%。中国卡车女司机的数量没有一个确切数字,约为30～150万人,年龄大多集中在26～30岁[1]。在这个由寸头和黝黑肤色统领的男性世界里,琳宝这样的女司机,是男性卡车司机群体中不折不扣的闯入者。

能遇上琳宝,男同行们纷纷觉得稀奇。有人见着她,以为是哪个卡车司机的女儿,跟车来玩的;有人咋舌,"你这女孩子好厉害,开这么大一辆车";也有人饶有兴趣地把她倒车的视频分享到自己的朋友圈。

她娇小的外表和庞大的卡车形成鲜明对比,也吸引了央视、都市报等媒体的报道。

一位得过奥斯卡的纪录片导演——来自英国的柯文思和他的团队也将摄像机对准了她,把琳宝的故事拍进了电影《柴米油盐

---

[1] 传化慈善基金会公益研究院"中国卡车司机调研课题组",《中国卡车司机调查报告(No.3):物流商·装卸工·女性卡车司机》,北京:社会科学文献出版社,2019。

之上》。

质疑自然也免不了。在她的短视频账号下，有人对她嗤之以鼻：你一个小丫头，整天炫耀自己开卡车，看把你了不起的。有人怀疑她造假，背后有"网红"团队包装，用的是背景布，开的也是假车，理由是"哪有女人能驾驭这么大一辆车"。更常见的"玩笑"还有："你这女司机，肯定是个马路杀手"，"你开车，人家都以为是无人驾驶呢"。

琳宝压根不在意这些话，她爽朗一笑："对，我就是了不起。"

2. 卡车驶向自由

打包好衣物、洗漱用品、止痛贴、发烧药，琳宝就出发了。

和大多数追求方便的卡车司机不同，她留长发，爱打扮。出门前，把棕色的头发绑成马尾、编成麻花辫，有时还会戴上发带，别个蝴蝶结，再画好淡妆。驾驶室也是精心装扮过的：窗花、绿植，一只陪她上路的皮卡丘。身后狭窄的休息室，铺着粉色的被单，放着毛茸茸的玩偶。

第一章

她现在常住浙江台州,跑福建全省,期间还会中转几个地点卸货装货,往返共计 800 余千米路程,两天一个来回。坐得久了,腰、肩膀会隐隐作痛。痛得久了,就开始发麻,得贴上膏药。路上服务区的淋浴头只能喷洒出冷水,有的工作人员时不时会冷着脸,阻拦卡车司机进去方便或者打热水。"也许他们嫌弃卡车司机不消费。"琳宝小心地猜想着,为了节省开支,她也会带着水、泡面和一兜水果上路。

从福建返回台州,才算是跑完全程。到下一趟运输开始,间隔六七个小时,那是她真正能放松下来休息的时刻。她花 500 元钱租的房子设施简陋,但至少能好好洗个热水澡,睡个安稳觉。途中紧紧拧成一团的注意力,终于可以暂时松弛地放开。

重复往返的路上没有风景可言。灰色的公路、乏善可陈的树、冒着纸皮箱子气味的物流园,一闪而过。开卡车跑运输是一场和时间的对抗。这份工作全靠熬,会消磨掉你的注意力,没有人能光凭耐力和意志取胜。为了对抗这种长则十余个小时的枯燥,许多卡车司机会选择不停地喝浓茶,吃些诸如瓜子、豆干之类高脂高盐的小零嘴,久坐的肚腩鼓了起来,体型也变得臃壮。

琳宝也闲不住,但她顾忌身材和健康,自有一套消解的方法:嚼口香糖,唱唱梁静茹或者刀郎的歌。支架上的手机,把一段旅程原封不动地记录下来。剪辑一番，就会出现在琳宝的抖音中。她喜欢在网上分享自己的工作和生活。

大部分时间，她开的是夜路。2021年1月，琳宝的驾照从B2升级成A2，成了最年轻的牵引车女驾驶员。这也意味着，她每个月能多挣两三千元钱。因为是新手，她特地找了个经验更丰富的"师父"，带着她轮班开。师父白天开车，晚上睡在后面狭小的床上，靠她独自一人行驶在茫茫黑夜中。

传统上来说，这似乎是一份"不适合女性、她们也干不好的职业"。不论驾校、厂商还是货运市场，对卡车女司机的职业资质、职业等级、个人能力都持怀疑态度：辛苦劳顿的苦，女人能吃吗？还要有胆魄驾驭这辆庞然大物，有勇气应对随时突发的危险，女人能扛住这份压力吗？

但这也是份收益较高的体力劳动，无须华丽的简历，只须通过短期的技能训练和资格考试，就能带来每月一万多元的收入。

琳宝对这份职业甘之如饴。

虽然，身高让她只能把座椅调到最前面一档，腰间还需要一个小枕头填补与椅背的空间，这样才能踩稳离合器。但是，她觉得自己开车一点不输给同驾龄的男人。她喜欢大卡车,它看起来很帅气。她喜欢驾驶它,享受人们的啧啧称奇。她更喜欢它带来的收益,这让她敢大胆想象期待中的生活——不是终日围着厨房和孩子打转,而是在外打拼赚钱,独立买房买车。这就是琳宝的梦想。

卡车看似把她禁锢在小小的驾驶室里,却给了她无上的自由。

3. 我要越跑越远

琳宝是从云南彝良县上白水村逃出来的。这是一个绿色簇拥的山间村落,盘旋的沙子路将一户户人家连接起来。在这里,必备的生存技能除了种地——玉米、红薯、土豆地,还有走路的本事。翻山越岭是每一个村民的出行日常,琳宝上学时,天没亮就要起床,徒步三小时到学校。

和大多数邻里一样,琳宝家很穷。一家的收入,靠的除了种地,还有父亲那双灵巧的手,编织出竹篮子、竹背篓,拿去集市卖钱。她上面有一个哥哥、三个姐姐。她是家中最小的那个,但并不是最受宠的那个。作为唯一的男孩,哥哥骄蛮霸道,小时候常常打她。

初一刚念了两个礼拜,父亲就通知琳宝:该退学帮衬家里了。

不出一年，媒人就在新年喜气洋洋的氛围中上门了。对方是个煤矿工人，家住镇上另一座山里，比琳宝大整整10岁，条件比琳宝家要好一些。他愿意给琳宝家6000元彩礼钱。在父母的坚持下，15岁的琳宝"嫁人"了。因为没到法定婚龄，只摆了酒席，没领证。

很快，她发现，这段6000元成就的婚姻，是要吞噬她的巨大黑洞。日子甚至比在贫穷的娘家更艰辛。生下儿子，刚出月子，婆婆就催着她干农活，每天五点起床，吃的是白开水冲饭。除了干农活，琳宝还去工地扛过水泥。她力气小，一天辛苦下来，只能赚30元钱，还不到男工人的一半。这区区30元钱，也被婆婆悉数没收，"怕你乱花，替你收着，反正以后也是给你么儿用。"

更糟糕的是，"丈夫"嗜酒，醉醺醺的拳头挥向她。最狠的一次，她在床上躺了大半个月，才休整过来。琳宝逃回娘家，先后三次，都被哥哥又送回了夫家。她下狠心，决定要不顾一切逃出去，到一个无人认识的地方。趁着"丈夫"和婆婆外出，身无分文的琳宝，穿着身上一套衣服就溜去了镇上。她先是在一家小吃店做服务员，第一个月工资600元钱。怕被找到，钱一到手，琳宝就马不停蹄地跑去了杭州。选择杭州，是因为不少同村的人在这里打工，说"工资高"。

她只有一个信念："我要越跑越远。"

第一章

在杭州的第一晚,她睡在桥洞下。来的路上,她在火车上倒头熟睡,仅装着几百元存款的钱包被偷,她又重新身无分文。但她一点都不害怕。

新生活顺利展开,外面的生活总是要公平些。

她当过洗车工、服务员,进过工厂当流水线女工,累归累,每个月三四千元钱也算不上多,但付出劳动总能获得属于自己的回报。这时,一个男人闯入了她的生活。琳宝之所以开卡车,也正是因为这个男人。

在流水线上重复组装零件的琳宝,因为无聊,就开了个快手账号,在上面更新自己的日常和心情。一个男人积极地在她的每一条视频下留言,空白的评论区被两人的互动占满。

他叫程星,是个卡车司机,跑了近十年运输。认识半个月,两人见面了。程星和他的大卡车把她迷住了。"他开那么大的车,好帅啊。"谈到程星的职业,琳宝眼睛亮晶晶的。她不避讳,不害羞,"当初是我追的他"。恋爱四个月后,琳宝和程星闪婚了。

关于过去,她没有回避过。她向程星谈及那段破裂的"婚姻",仍在村子里跟着奶奶生活的小儿子。程星向她保证,会给她足够的爱、包容和安全感，让她幸福。

这场突如其来的婚礼，琳宝的父母亲友都没有出席。领证前，父亲接到她的"通知"和一笔钱，才临时把户口本给她快递过去。在保守、讲人情的乡村，这种自由式的婚姻，很难得到周遭人的认可。但这并没有浇熄新人的喜悦。他们的婚礼，独特又浪漫。程星托朋友找来10辆大挂车，车头红的、白的、金的，挂着五颜六色的彩色气球，显得尤为瞩目。

在鞭炮声和一片祝福声里，程星打横抱起穿着洁白婚纱的琳宝，这对新人的眼里闪着泪光。

琳宝成了一位卡嫂，陪着丈夫跑上海－重庆。看丈夫辛苦，她又考了驾照，轮流开"夫妻车"。两人没有租房，卡车就是移动的家，承载着有关生活的一切——锅碗瓢盆、柴米油盐和睡眠好梦。再后来，她干脆自己开车，这样小家庭的月收入可以翻倍。

不少卡车女司机，之所以选择这条职业道路，往往曾是卡嫂，或是卡车司机的女儿。

程星也是个体贴的丈夫。他为她准备生日惊喜，陪着她一路辗转回到闭塞的老家探望父母，看向她的眼神总是很专注。夫妻分车后，各自跑向不同的线路，原本朝夕与共的相处被压缩，一周碰面的时间只有几小时。

这以分秒计算的相聚时刻，熬成了更浓厚的甜蜜。一段两人在路口相见的视频，曾在网络上流传：深沉的夜色中，两辆大卡车相向而停，一男一女从车上跳下来。这正是琳宝和程星。他摸摸她的脑袋，一把将她揽入怀中。

初婚生活的美好，都记录在了《柴米油盐之上》这部纪录片里，以及媒体的访谈中。"程星是真的爱琳宝。"来自英国的纪录片导演柯文思认为。在他眼里的中国人，曾是寡言、不容易敞开心扉的人。可是琳宝与程星的爱意总会溢满，不经意从动作中流淌出来。

但这只是故事最美好的一面。

4. 气头上的老公，把她扔在高速公路上

生于贵州乡村的程星，身上的大男子主义一面也逐渐显现出来。

从一开始，他就不支持琳宝考 B2 驾照，认为开卡车是男人的活儿。这也是大多数卡车司机，面对卡嫂想学车时候的第一反应。

"太辛苦了",程星的本意并不坏,甚至是带着保护色彩的——他太清楚长途运输会如何损耗折磨腰椎和肩颈了。

琳宝瞒着他,求驾校收留自己,来回拉扯几番才被收下。程星知道这件事时,琳宝已经预约了科目一考试。这种"叛逆",折损了他的面子,让他气得几天吃不下饭。琳宝的表现也好得令人咋舌:在两个半月里,她一次性考过所有科目,校长喜滋滋地向外人炫耀:"我们驾校有史以来第二个卡车女司机,年龄最小,个子最矮,考得最好。"

夫妻分车,程星也觉得不可思议。"你看看有没有地方会要你。"他撂下狠话。一语中的。琳宝去车队和公司应聘,几乎都遭到回绝,理由无非是不方便和不相信。但琳宝很执拗,仍旧不停应聘,直到温州的一家快递分公司接收了她。

之所以这么拼,也有私心在——她想要掌握自己的经济大权。开"夫妻车"时,两人一份收入,钱是在程星手里的。一次,琳宝母亲生日,她从自己在快手直播赚来的钱里,转了300元钱过去。程星知道后,大发雷霆。

他不愿见琳宝的儿子,也不喜欢琳宝和儿子频繁地打视频电话。发现琳宝给儿子买了辆自行车,他勃然大怒,非要她把自行车要回来。他希望她与过去彻底斩断,和自己开始全新的生活。

第一章

《柴米油盐之上》前前后后拍了一年多,也收录了他们矛盾爆发频次的逐步上升。两人的争吵越来越多,越来越激烈。内容无非是关于琳宝的过去、家庭,还有她那股子不服管的劲儿。最过分的一次,气头上的程星把琳宝扔在了高速公路上。

琳宝也开始回忆程星过去做得不够好的地方。她并非一个过度敏感的妻子,但依旧期待丈夫的贴心与关爱。两人开"夫妻车"的时候,琳宝一度在备孕。一直未能如愿,她便上医院做检查,发现自己有输卵管堵塞问题,于是做了个微创手术。

从手术室出来,她一个人面对冰冷的白墙,感到一阵无助。从检查、手术到出院,她没有接到过程星的一个电话、一个视频,或是一条短信。也许在程星眼里,这个手术并不重要,但对于缺乏安全感的琳宝来说,这样的事是一记重创。

失望积累多了,慢慢地,她得出一个答案:眼前的爱人,食言了。

5. 我离婚了

《柴米油盐之上》拍完不久,导演柯文思和制片人韩轶就收到琳宝的信息:我离婚了。这不是向大姐姐般的韩轶,如父一般的柯文思寻求建议，而是告知的语气。琳宝又从婚姻里出走了。

对于这个结果，他们感到很诧异——矛盾的确肉眼可见，但做出这个决定竟如此快，如此果决。在韩轶的印象里，程星讲义气，热心肠，是个好人。探望琳宝父母时，他提着满手的礼物，亲昵地唤他们"爸妈"。他也算不上"渣男"。作为"阅人无数"的纪录片导演，柯文思眼中的程星是个"努力、有礼貌的男人"，爱妻子，重家庭。

爱是确定的，它让琳宝和程星相互吸引。但它却不是万能的，无法将两颗要强的心牢牢拴住，抚平其中的冲撞。如果说浪漫意味着一往无前，婚姻则需要更多妥协与退让。

在柯文思看来，程星接受了琳宝的婚史和孩子，却未曾考虑后续生活的复杂。"作为一个来自保守小乡村的男人，他无法对抗大环境，无法做到为爱冲破一切——如果把琳宝的儿子带回家，他会遭人耻笑。"

观念总会在一个人身上留下强大的烙印。程星确确实实是个思想观念非常保守的男人。爱情让他尝试跳出传统，但带来的不是彻底的改变，而是在恋爱阶段把婚姻生活简单化的幻想。

而琳宝，恰恰是个勇敢、特别，想要去挑战传统的女人。

柯文思还记得初见时，琳宝的拘谨不过持续了几分钟，随后便坦率地打开了自己。"关于自己的过去，比如她前夫的家暴，她愿意说出来，不觉得丢人或者尴尬，这一点我很钦佩。"

柯文思将琳宝称为"经验式的女性主义者"，她的经历让她不愿让出掌控权，宁可逃离也要自食其力。"从来没有人问过琳宝，'你想要什么？''你的梦想是什么？'"琳宝实现自己梦想的唯一方式，就是按照自己的意愿行事，遵循自己的志向。琳宝的鲜活常让柯文思感到佩服，"她知道，身为女性，必须要走过一段艰难的旅程，而她正在路上。"

作为在这段婚姻外围的观察者，制片人韩轶既能理解同为女性的琳宝，又能理解无法彻底挣脱传统的程星。意外发生，似乎又在情理之中。"这还挺符合琳宝的个性。破裂不是谁的错，而是不合适。"

两个极端人相撞，几乎没有磨合的可能。这种较量，是两人矛盾的内核。

看上去，程星最介意的事，就是琳宝的儿子。恋爱时，这个男孩对于程星来说还很遥远，似乎很容易就能接受；但进入婚姻，交集无可避免——夫妻的共同资源，总会流入一部分到这个孩子身上。

琳宝的儿子，不幸成为矛盾内核的外在表现焦点。两人争吵的火力，总是集中爆发在孩子身上。哪怕这个男孩远在上白水村，对于常年不见的母亲，并没有索求什么。《柴米油盐之上》里，琳宝出现在教室门口，将他喊了出来。对着镜头，他脸上出现一段长久而空白的茫然，随后在母亲的怀抱里垂下了头。这个皮肤黝黑的小男孩，却像一个巨大的障碍，横亘在程星期待的婚姻生活里。

而在心碎的母亲眼里，怎么能把乖巧、聪慧的儿子，彻底划出自己的世界呢？

6. 那就自己独立买一套房子吧

关于这段破裂的婚姻，琳宝主动谈了很多原因，最终归结到了"不合适"，而不是"他不好"。

她担心纪录片里展现出的片段，会在观众的解读中被无限放大，害怕程星被网暴——"那你去和你孩子过吧"，两人争吵时，程星曾甩出过这样一句话。

第一章

过去总归过去，日子在朝前走。她仍在台州独自开着卡车，遥远的家人在云南。她的父母和哥哥几乎不联系她，但只要找她，理由只有一个：要钱。哥哥的房子要建了，孩子要上学了，你能不能给点钱。

她不责怪父母，但也不会给钱。至于哥哥，他更像是"父母的儿子"，一个与自己无关紧要的人。她的两个姐姐留在云南，三人偶尔还会说说体己话。

短视频平台上，仍旧时不时有男人向琳宝表白，试图打动她。但琳宝对恋爱和婚姻，暂时提不起强烈的兴趣。唯一让她感兴趣的，就是继续开卡车赚钱。这能让她和儿子都活得更好。她骄傲地谈起儿子，这个男孩的学习成绩是全镇第一，奖状贴满了整面墙。以后，他也许会去北京上大学，学航天技术。

在不远的未来，比如两年后，她计划买一套房子。或许在四季如春的昆明，或许在绿意葱郁的台州，又或许在车轮还没碾过的异乡。这套房子，将是完完全全属于她自己的。

正如她只属于自己。

她正闯入世界

▶ 拿不到心动 offer 的工科女：我不要被怜香惜玉，只想霸气地修柴油机

我最近在网上沉迷于一位女"网红"。在简陋小棚屋和无尽的田野边，她维修柴油机、发动机、油锯这样的重家伙。她也会突发奇想，把拖拉机机头喷成喜欢的粉色。有时候还会为小黄狗做个窝，编个竹筐。

总之，机械维修、电焊、木工、泥瓦工……这个身型小巧的年轻女孩，什么都能干，什么都能干得漂亮。

她的手仿佛有魔力，能把手边锈迹斑斑的破铜烂铁"点石成金"，重焕生机。尽管，整个过程并不像"变魔法"那样轻巧，她的手上有着层层相叠的老茧和伤口，这是和钢铁互搏的痕迹。

第一章

因为回到故乡,展现乡村生活,有人说她是"工业版李子柒";也有人拿她和前几年以"无用发明"爆红的"手工耿"比较,说她是"性转版"的他。

她是林果儿,一个偏爱做苦活累活的工科女。

1. 女孩会修机器?都是演的吧

穿着一身蓝色工装服的林果儿,从镜头外走了进来。

她吃力地绷紧了肌肉,推着一台巨型柴油机来到工作台前。这台机器,年纪可能比林果儿还大,全身上下的零件几乎都锈光了。弹幕感叹:"果儿真是天生神力。"这毫不夸张。电机的重量和功率直接相关,常见额定功率1千瓦的3000转电机重量就接近20公斤,差不多是一桶饮用水的重量。如果功率达到3千瓦,重量就会直逼35公斤。

但林果儿吸引人的地方,并不在于她的力气。

这台看似已经报废的"破烂",经林果儿的手轻轻这么一拆,就如同老饕食用的蟹最后吃干净的蟹壳一样,齐齐整整地躺在了工作台上。接着,她像外科医生般,在诊断问题后,便开始一场精巧的"手术"。她对机械结构了如指掌,能熟练地拧好一处,又开始拆下一处。

即便我这样的门外汉,也能从她娴熟轻松的动作看出来,她的钎焊手艺经过了一番苦练。

光是修理还不够,林果儿还会让机器在外观上变得焕然一新。除锈、喷砂、喷漆一条龙,最终的成品简直就是一台全新的机器。林果儿把电机喷成了粉色。因为和之前实在差别太大,不少弹幕惊呼:"你这是买了台新机器吧!"

每一个视频里,林果儿总会"修好"一个"破烂",然后扬起笑脸,展示成果。许多人说,观看这个修复过程像是一种治愈,规整地拆、合,让人感到解压。

正是因为超强的动手能力和无所不能的本领,她掀起了一阵讨论风暴。有人正儿八经地讨论起她的水平,表示这位乡村女鲁班绝对是位"大神"。

但林果儿也经常能遇到来抬杠的人。有的大叔坚称"不可能",认为一个小姑娘干不了修机器这活儿。有人还分析,她背后肯定有一个专业团队,修理机器的,另有其人。林果儿只是靠自己良好的形象摆拍几个镜头,说几句自己也不懂的台词,骗点击、骗流量罢了。还有很多人会劝她,年纪轻轻的不要耗在机械维修、拍短视频上,赶紧去找个好公司上班,考个公、考个编就更稳妥了。

如果说视频的评论、直播的弹幕她可以不看,但乡亲们的指指点点、风言风语,她却不可能装作听不到。

林果儿明明是为数不多的大学生,毕了业却回老家,"沉迷网络",拍一些奇怪的短视频。大学生嘛,还是个女孩子,在家里修机器,做又脏又累又苦的活儿,这真是太不对了。乡亲们当然还是为林果儿着想。他们很看重这个小山村里为数不多的女大学生,期待林果儿能够出人头地,至少做一些"大学生该做的工作"。

2. 找不到工作的工科女

有点讽刺的是,林果儿并非不想找到一个对口的好工作,而是现实几乎没给她留下什么好选项。

2017 年,林果儿从昆明学院水利水电工程专业毕业。在她班上,男生的数量是女生的三倍,然而到了毕业季,女生们投出的简历却少有回复。成绩还算不错的林果儿也没能幸免，投出的简历全部石沉大海。

"因为我们专业基本都要去工地、水电站，或者一些偏远的地方，所以很多公司还是不会选择女生。"林果儿告诉我。

眼看毕业即失业，林果儿锁定了两家公司，干脆直接闯进老板办公室，询问这里招不招人。第一家公司直接告诉她"不招"；第二家公司是一个条件更加简陋的民营企业，老板看了看她，说"招"，林果儿这才得以拥有实习机会。但说是实习工作，其实也并非真的上手操作机械，而是做一些报价表格之类的资料整理工作，说白了就是文员。这也是她的女同学们做得最多的活儿。

工科女面临就业歧视，不仅仅是林果儿一个人的遭遇。在微博上，曾有一个土木工程专业的应届女大学生分享自己找工作面试时遇到的歧视，引发了很多工科女生的共鸣。

这个女大学生回忆道，她在某施工单位的招聘会上，发现人力资源把她的简历单独拎了出来，放在了最底下，而作为全场求职者中唯一的女孩，她突然有种不好的预感。果然，当所有男生都面试完后，面试官依旧没有给她机会，当她上前询问时，面试官只回复她："这个岗位不适合女生。"女孩气不过，直接质问，如果不招女

第一章

性的话，为什么不在招聘信息上注明呢？

据中华全国妇女联合会妇女研究所 2015 年在北京等地多所高校开展的调查显示，高达 86.6% 的女大学生受到过一种或多种招聘性别歧视，工科女大学生占 80% 以上。就在人们沉浸于刻板印象中的"工科男多女少，那么工科女众星捧月，一定很好找对象"时，却少有人关心她们在就业中遇到的真实困难。

靠修理机械走红网络的林果儿就像是一个现实的榜样，给万千工科女生一丝慰藉。她的直播间常有女孩光顾，有的是她的学妹，前来膜拜学姐；也有高中女生，认真地表示想选林果儿所学专业。

但林果儿会认真地劝她们："这个专业对女生来讲太苦了。"

我问林果儿："工科对女生的这种歧视合理吗？"

她的回答闪避了一下："我觉得是怜香惜玉。"

这是个朴素而过于善意的看法，我又问："那你不需要被怜香惜玉吗？"

"我觉得我不配。"她说，"从小到大，什么都是我自己去争取的，没有得到家人亲戚的偏爱。"

"我觉得，我不管经历什么，都是应该的；最后我得到的东西，也都是我自己应得的。"

3. 我的人生，主要是"心里苦"

11月，林果儿在自己的微博上发布了一篇长文章，详细讲述了自己的人生。这是因为常有粉丝进入她的直播间，什么都不看就"喷"她。林果儿觉得，有必要坦诚地给大家讲讲自己的过去，告诉大家自己不怕吃苦、不怕受累，或许他们就会相信她了。

她是一路吃苦长大的。

"90后"的她，生于云南省昭通市的一个小山村。6岁的时候，父母离异并各自重组家庭。她和比自己小一岁的弟弟一起，由爷爷奶奶抚养长大。现在想起来，小时候爷爷奶奶对姐弟俩说得最多的一句话是："爸爸妈妈都不要你们了，你们还不听话？"

就这样，听话的林果儿拿到了高中录取通知书，却因为家里出不起那么多钱，决定"去给有钱人家当保姆带孩子"。雇主刚见到

第一章

林果儿的时候,看着她娇小的个子,还以为她是个小学生。雇主是一位心善的女人,她告诉林果儿:我这里就是你第二个家。

林果儿给人带孩子、打扫卫生,做了一个暑假。姑姑的一通电话把她劝了回来,她说:"你没有家庭背景,没有父母撑腰,个子小,又是个女孩子,好好回来读书吧。"

奶奶说服了她的父亲,供给她高中前两年的学费。到了第三年,林果儿的弟弟决定供姐姐读书。理由很简单,姐姐学习好。

当林果儿在学校里考到年级第一名的时候,弟弟在乡镇的农家乐、豆腐厂打工。弟弟每个月都会给林果儿打生活费,从一开始的四五百元,到后来的七八百元,弟弟把工资的大部分都给了林果儿。当时,他的工资一个月就一千元出头。

现在林果儿成了家里的经济支柱,她说:"他(弟弟)要什么,我都给。"

林果儿不喜欢自己的人生,她觉得自己一路走来,"心里苦"。但是她又不能改变什么,只能尽量往前看。

她正闯入世界

4. 柴油机，听起来就霸气

现在，林果儿经常能收到全国各地寄来的大包裹。里面全是粉丝送来的坏旧机器，有柴油机、发电机、电器。附近的乡亲们好像也慢慢接受了她做的事情。最近，她家镇上有一家医院的污水处理水泵坏了，医院希望她能帮忙修好。

"医院联系我那人说是我的粉丝，不好拒绝。"她乐呵呵一笑，忍着刺鼻的臭气，就开始动手。喜欢做这样的脏累活儿，原因很简单，因为"霸气"。林果儿从小就喜欢霸气的东西，柴油机燃了是一种霸气，摇柴油机的人也特别霸气，电视上的拖拉机看起来霸气，操作拖拉机的人就更霸气了。

小时候，村里经常停电。漆黑之中，大人们会拿出柴油机，"霸气"地拉动启动机器的绳子。机器轰鸣中，光就来了。甚至，林果儿之所以选择填报水利水电工程专业，也是因为这个专业的名字，听起来很霸气。

不过，事实上，林果儿直到 2018 年才开始操作机器。彼时她回家，开始捣鼓起短视频。拍了一阵子之后，她决定捡起之前的技能，真正上手修理机器。

第一章

开始的时候很难，林果儿了解一台机器需要两三天。拆解的过程则更是复杂，林果儿做完密密麻麻的笔记，还要在实操过程中真正学会机械这门手艺。经常一天搭进去十几个小时。

她的手上常年有一些伤口，或是配件之间挤压而生成的血泡，或是工作造成的老茧。经常会有粉丝问林果儿为什么不戴手套，这是因为机械中有很多精巧的组件，戴上手套就摸不到了。

有很多粉丝喊她"女汉子"，她非常喜欢。"我从小就觉得自己比较汉子，比较喜欢霸气一点的东西，不喜欢扭扭捏捏，嗲嗲的那种感觉。"在林果儿看来，成为一名"女汉子"，就是代表着一种坚强独立的形象。

也有人问她，往后会不会做一些"无用"的东西，就像"手工耿"那样，但林果儿拒绝了。她觉得，东西修不好，或者没有用，都是"浪费"。这源于她的生活经验。她喜欢让无用的东西变得有用，让一堆破铜烂铁重新运转。这种感觉就像是童年断电时，柴油机带来的光亮一样。

她正闯入世界

▶ "95 后"女入殓师:你们看到遗体只会害怕,我却想给他们做个 Spa

你能想象,一个 26 岁的女孩,在 3 年里处理了 2000 多具遗体吗?

逝者因为各种各样的原因去世,她要拼合碎颅骨、缝合皮肤裂痕、处理尸臭、化妆,努力还原他们生前的样子,有时还要给逝者涂指甲油、喷香水、拍视频。没错,她就是一名入殓师,名叫陈韵秋。

如果生活中见到她,你一定想不到,这个戴着眼镜、苹果脸的可爱女生,是个成熟老到的入殓师。

尽管工作内容和死亡相伴,但她一点都不害怕。

第一章

1. 美感，是缓解悲伤的一种方式

陈韵秋的一天一般从早上五点开始。才吃完早饭，工作就来了。穿上防护服，戴好手套，同事推来一具年轻男性尸体。这名男性死于溺水，只有面部展现良好。

他们把这个死者放到礼仪床上，鞠躬，随后清理和沐浴。清理结束，用调出最吻合他肤色的底妆，一笔笔轻柔地画上去。家属的要求很简单，希望把人还原成生前最自然的样子。工作进行到一半的时候，同事告诉陈韵秋，又来了一个女孩。

今天的午饭又要推迟了。

让人没想到的是，这个女孩算是殡仪馆的熟人。几天前，她就自己打电话过来，仔细问了一遍入殓的事。女孩罹患癌症，独自漂在江苏打工。陈韵秋猜测，她对自己的死亡是有预感的，但谁也没想到竟然来得这么快。

这个女孩去世后，父母匆匆赶来，从老家带来女儿小时候最爱穿的衣服。由于逝者是年轻姑娘，所以陈韵秋和同事开始给女孩做遗体 Spa。这是一种更精细的入殓方式。

她正闯入世界

　　Spa 室宽敞空旷，摆着一张床、一个置物架。架子上是洗发水、沐浴露，还有各种各样特调的遗体化妆品。为了让女孩僵硬的身体恢复柔软，她们要给她进行一个小时左右的全身按摩，这个过程漫长而烦琐，需要两个人共同完成。

　　按摩后，她们给女孩修剪指甲、清洗长发。女孩的妈妈一直叮嘱，她从小就爱漂亮，请你们好好化妆。陈韵秋小心翼翼地问这位母亲，要不要给她涂上好看的指甲油？她最喜欢什么颜色？

　　当一切进行到尾声，陈韵秋把女孩的手郑重地交给父母，让他们来完成这擦拭的最后一步。这不仅是让逝者在亲人的陪伴下体面地离开，更是一种告慰，使生者不留遗憾地活下去。接着，家人和逝者一起来到告别厅举行告别仪式。

　　踏进告别厅的大门，正对着的就是帷幔墙，层层纱帘中间，摆放着逝者笑着的照片。照片前面有水果，还有乐高、毛绒玩具。20 岁出头的女孩，正像初绽的花朵。陈韵秋和同事们商量，决定用绿色主题的那间告别厅。她们把鲜花和绿植做成花丛，围绕在女孩身边。

　　布置妥当之后，女孩身上再也看不到癌症折磨过的痕迹，而是仿佛酣睡在甜蜜的仲夏夜之梦中。

第一章

陈韵秋说:"美感,也是缓解悲伤的一种方式。"

2. 服务 2000 位逝者,见证 2000 种死亡

为了减轻亲属的悲伤,入殓师们下的工夫不只这些。在陈韵秋工作的萧山殡仪馆,告别厅的装修早就不用传统中式的白色,而换成绿色、蓝色、黄色、灰色等不同的风格和主题。陈韵秋听到过很多家属感叹,逝者躺在这样温馨的地方,他们是放心的。

祭祀是一件累人的事,所以守灵厅侧面有通往二楼的楼梯,上去就是专供家属休憩的地方,有沙发、冰箱和两张床,书架上还摆着《小王子》和《追风筝的人》等书。

忙完这些,她又接待了第三位逝者,一位因心脑血管去世的老人,他身边没有亲人,甚至没有一件像样的衣服。这样的老人,陈韵秋之前也见过,人生到头孤独悲凉。这个时候入殓师们显得尤为重要,因为至少能让他在走的时候,看上去干净体面。

像这天一上午接待三位逝者是很常见的。陈韵秋说,尤其秋冬来临,冷空气不留情面地收割生命,入殓师们就开始忙个不停。

工作三年，陈韵秋处理过的逝者少说也有 2000 人。在这些逝者身上，能看到死亡的千种样式。他们有的自然死亡，安详平静；有的因病去世，身上还留着治疗痕迹；有的发生意外，遗体残缺；有的因为去世很久，没被人发现，只要掀开衣服，就会看见有数不清的蛆，正从逝者的皮肉里拼命往外钻。

遇到后两种逝者，他们只能先处理味道，然后再打印一张逝者生前最好的照片，覆盖在逝者腐烂的脸上。曾经就有同事因为处理这样的逝者而气体中毒，回家吐了整整三天。

尽管工作难度十分大，但在萧山殡仪馆，入殓师们男女比例也几乎相当，很多人都是"90 后"。

在这里，你可以看到很多胆大的女孩和细心的男孩。女孩们有时候会去处理重大事故中面目全非的遗体，男孩们也经常参与插花和告别厅布置。

3. 我女朋友，可厉害着呢！

陈韵秋悄悄告诉我，虽然从小就胆大，但她刚干这行的时候，也曾经怕过。

第一章

那是 2018 年，她刚从北京社会管理职业学院毕业，被分配到江苏的殡仪馆，单位还给她派了位师父。回想起来，第一次见到师父，她就感觉特别心安。师父胖乎乎的，特别爱笑，一笑起来很温暖。

那个时候，陈韵秋还没有真正见过等待入殓的逝者。师父就凑过来问她："要不带你看看？"她想了想，看一看也行。嘴上这么说着，脑袋里又开始瞎想，会不会挺吓人？逝者眼睛不会突然睁开吧？

师父把冷柜拉开，眼前出现的是位亲切的老爷子，就那么安安稳稳地躺在那儿，睡觉一样。一下让她对工作的疑虑烟消云散。

就这么跟了师父一段时间，她学得越来越快。一个月之后，师父打算让她亲自试试。而这第一次上手，他就交给她一个意外死亡的女孩。女孩 21 岁，死因是高空坠落，她的小臂、腿脚全部外翻，并且伴有非常严重的损坏。

但好在，除此之外的所有致命伤都在内部，她的面部看上去并没有那么狰狞。耳边是女孩父母滔天的哭号，陈韵秋心里也跟着难受。她想不明白，这么年轻的女孩到底有什么想不开的？做出这样的选择，又需要多大的勇气？

她正闯入世界

看见女孩身上还穿着睡衣,她想女孩本来是想睡个好觉吧?于是她转身跟家属说:"你们放心,我一定为她做好。"

把遗体从冷柜中推出来之后,陈韵秋开始处理女孩变形的四肢和身上破裂的皮肤。不知道是因为自己紧张,还是冷冻后遗体的僵硬,那天的缝合很不顺利。她每缝一针,线就断一下。后来实在没办法,陈韵秋就开始跟女孩聊天,她说:"你配合一下,我一定把你修复好,让你完完整整地走。"巧了,这之后线再也没有断过。

化好妆之后,陈韵秋感觉到,女孩妈妈的哭声有了明显的变化,从歇斯底里的嚎叫变成低吟和垂泣,因为面前女孩的样子,终于接近记忆里的女儿。他们告诉陈韵秋,孩子从小就懂事,学没念多久,就从广东跑到江苏打工赚钱,为什么就想不开了呢?

陈韵秋最近两年明显感觉到,年轻逝者逐渐增多,算下来大概能占所有逝者中的四成。这些年轻人的死因大部分都是意外死亡,除去他杀和事故,剩下的几乎全部是轻生。每个送过来的年轻男女,身后都跟着一对悲泣的父母。

为了让化妆更契合逝者本人,工作之前他们经常会问问父母孩子的个性。孩子的个性不尽相同,但有一个回答几乎是统一的:所有父母都会觉得,他们的孩子是世界上最乖的小孩。

他们怎么都没想到，自己的乖孩子会发生这样的事。

看着眼前这些和自己年龄相仿的男孩女孩，她再也感觉不到任何恐惧，只想让每个人在最后一程，走得温暖、明亮。就像生活中，她也一样是一个温暖的人。

而她男朋友也为她的工作感到自豪，有时候和别人聊起天来，他还会骄傲地说上一句："我女朋友，可厉害着呢！"

4. 为了妈妈眼里"跳大神"的工作，她离家出走

有的人想不明白，陈韵秋一个年纪轻轻的小姑娘，明明有那么多选择，为什么非要当入殓师？何况这个职业其实并没有谣传的高薪，工作内容在许多人看来，辛苦、可怕、忌讳。因为职业关系，她的朋友不像其他年轻人那么多，还曾被妈妈介绍的相亲对象嫌弃过。

这要从陈韵秋的童年说起。

小学的时候，陈韵秋的妈妈喜欢租爱情剧的碟片，她就缠着妈妈，让她千万别忘了带几部恐怖片回来。片子带回来了，她就拉着

姐姐半夜看，看的时候也不捂眼睛，后来姐姐实在受不了，她就自己有滋有味地一个人看。

白天，她就和男孩一起上街撒野。翻墙是常事，更刺激的是去爬有大狼狗看着的煤堆。当时老家刚修高架桥，旁边搭着为工人修桥用的螺旋架子，架子周围没有任何围栏，她就和男孩们一起骑着自行车冲上去，再一圈圈呲溜着滑下来。那个时候她头发短短，从来没想过什么事儿男孩能干，女孩不能干。

后来大了点，她无意中在电视上看到一部关于入殓师的纪录片，里面有个老师父对着镜头说："你们看《电锯惊魂》的时候只顾着害怕，我却在想怎么能把那个受伤的人缝好。"

小学还没毕业的陈韵秋被这句话击中，她心想这也太棒了！高中的时候，她第一次看电影《入殓师》，边看边哭。

她才知道入殓师这个职业这么神圣，而她，就想做这样一个送他人离开的人。回学校跟同学说起这件事，同学们告诉她，现在咱们国家也有教这个的，你可以报相关的专业。她心想，还有这样的好事？心里就一直惦记着。

到高考结束填志愿的时候，没想到，北京社会管理职业学院礼仪系那年在四川压根不招人,她开始想各种办法。打电话给学校,老师告诉她可以先报园林系,然后再转专业。这可给陈韵秋高兴坏了,她二话不说,填好了志愿单。

由于她先斩后奏,爸妈一直到她快交志愿单的时候,还蒙在鼓里。那天一家人一起吃饭,她决定坦白。没想到爸妈听说她要去礼仪系,先是一愣,然后觉得女儿去当个礼仪小姐也没什么不好。

陈韵秋就又补了一句:"是殡仪,做白事儿的。"这一句可好,爸妈当场就惊呆了,坚决反对。

要知道,陈韵秋家里所有人的职业不是教师,就是医生,身在这样的家庭,她却要去殡仪馆工作,妈妈甚至还以为她上班要"跳大神"。于是,陈韵秋只能离家出走,跑到成都的姐姐家里。

姐姐虽然震惊,但却是当时唯一支持她的人。因为只有姐姐知道,陈韵秋想干这行,其实还和一个秘密有关。

5. 不要让别人像我一样留有遗憾

陈韵秋 7 岁的时候,爷爷得了重病,小时候父母忙,她更多的时间是和爷爷奶奶一起度过的。她记得爷爷躺在病床上,而小小的她站在床前。

她跟爷爷说:"爷爷、爷爷,你快点把病养好了,好了我们就可以回家啦。"

但爷爷的身体一天天差下去,她开始听到大人们说,爷爷要没了。但什么是没了呢?

这个7岁的小女孩也没概念,不过她知道,那意味着爷爷就要不在了。于是她又跑到爷爷跟前说:"爷爷、爷爷,我马上就长大了,等我长大了就带你去坐大飞机、大轮船。"可这都没能留住爷爷。

爷爷去世的当天,家里人按照习俗,把遗体放到木门上,摆在房间的正中央,上面盖着一张白布。

陈韵秋跑去找姐姐,问她:"爷爷去世了你知道吗?"

姐姐说:"我知道的。"

"那去世,是什么样子呢?"

第一章

姐姐也答不上来。

陈韵秋说:"要不你把白布掀开,我们看看爷爷吧。"

就这样,姐姐悄悄走到爷爷的身边,拉开了白布。两个人半捂着眼睛,从手指缝的中间看眼前的爷爷,他是那么安详、宁静,就跟睡着了一样。接下来,爷爷就要入殓了,可孩子是没有资格参加这种仪式的。陈韵秋又哭又闹,最后还是被关在了房间里。

她依旧搞不懂死亡是什么,却被迫发现,原来死亡可以让人那么悲伤。后来她无数次地对着姐姐哭:"爷爷怎么就没等到我长大呢?"她说不清后来走上这行,有多大程度是想弥补曾经没能参与"好好送走"爷爷的遗憾。

但时间无法倒流,她唯一能做的,是让别人不要像她一样留有遗憾。

6. 再见啦,我们要去远行……

每一个被送到殡仪馆的逝者,陈韵秋和同事们都争取用各种方式,给他们的家人留下最好的回忆。

她还记得曾经给一个 5 岁的男孩入殓，男孩离开得很突然，病一来，人就走了。男孩父母很年轻，孩子生前，他们就喜欢拍关于他的一切：他最喜欢的玩具、他的日常生活，还有他难得学会的一首歌。

陈韵秋和同事们把这些素材都向男孩父母要过来，用视频的形式，做成了一段生命回忆录。在告别厅播放视频的那天，男孩的弟弟也来了。一进屋，他就到处找哥哥，呼唤的声音响彻整个房间。当眼前的视频里出现哥哥的脸时，他才渐渐停下来。

视频播放到结尾，周围的哭声依旧没有停止。只有那个小弟弟却使劲儿瞪着眼睛，目不转睛地盯着屏幕上的哥哥看。然后，他突然跟着视频里的哥哥哼起歌来："这是我父亲，日记里的文字，这是他的青春留下，留下来的散文诗，多年以后，我看着泪流不止……"这是他们一起学的歌——《父亲写的散文诗》。

父母听到了，也一起合唱，一家人终于在这个男孩离开的最后时间，以这样的方式，实现了团聚。

陈韵秋的眼泪在那一刻马上就要决堤，她赶紧背过身，擦干眼泪，提醒自己，绝对不能让家属看见，以免加重他们的悲伤。看着眼前人们的反应，她知道，《入殓师》里小林做到的事，她也做到了。

第一章

陈韵秋曾经看过一部关于死亡的宣传片：好多人一起坐在一辆向前方奔驰的列车上，这些人都面带笑容，手上紧攥着各种各样的东西，有的是一个洋娃娃，有的是一张大合照。他们彼此点头，看看对方手上拿的是什么。就在列车冲进一片曙光中的时候，他们对着镜头挥手道别："再见啦，我们就要去远行……"

陈韵秋觉得，死亡或许就是这么一回事。生命就像一株植物，起先，它刚刚发芽，然后，它开花结果，长成参天大树。人生可能只是发芽的那一部分，发芽之后，你长大了，就要以另一种形式生活了。

就像她最喜欢的村上春树的一句话："死并非生的对立面，而作为生的一部分永存。"那么入殓，就是为这场生命的转化而诞生的仪式。仪式是为了尊重死亡，尊重死亡是为了更好地活着。

她正闯入世界

▶ 舞狮少女：一场表演100元，仍想让世界看到我的气魄

动画《雄狮少年》，一度把中国传统的舞狮文化通过电影银幕带到观众面前。

留守儿童阿娟因为体格孱弱，被邻居嘲笑为"病猫"。但他却有着一个成为"雄狮"的梦想——参加舞狮大赛，拿下一个好名次。决定参加比赛，既是为了见到在广州打工的父母，给他们一个惊喜，还因为一个女孩——和他同名的舞狮少女阿娟。

阿娟一出场就是满堂彩，她的动作灵巧飘逸，成功采青，击败了陈家村舞狮队。她把狮头和广州舞狮大赛的宣传海报留给阿娟，激励刚被树上的落花砸中的他："木棉花又叫英雄花，你可是被英雄花砸中的人。"

第一章

电影里，再没有出现一个"女阿娟"，现实中的舞狮女孩也并不多——她们在舞狮队出现，往往是旁边击鼓打镲的"啦啦队"。

黄宝仪是少数舞狮女孩中的一员。这个广东女孩从小学四年级开始学舞狮，经过艰苦的训练，她越发爱上了这项表演，在一场比赛中拿下好名次后，却被告知是"最后一次比赛"。

但她没有放弃，即便一次表演只能拿到 100 元。她希望舞狮这项传统文化不被忘却，舞狮的女孩也能被更多人看见。

1. 雄狮少女

电影落幕，片尾曲还没有唱完。大部分人都沉浸在《雄狮少年》最后的"信仰一跃"中。却没意识到，现场有一位特殊观众，看得比谁都入迷。红鬃烈烈，怒目圆瞪，这是一只红色的狮头。随后，影院的灯光"倏"地亮起，所有人的目光都集中在那只狮头上。

影像和现实奇妙的交融，关于雄狮的故事还没有结束，就平移到了现实空间。被主办方邀请的狮头主人起身，走上舞台。她扎着低马尾，睫毛很长，指甲也闪闪亮亮。她就是黄宝仪，一个舞狮的

她正闯入世界

漂亮女孩，同时也是目前舞狮界难得一见的上高桩的女孩。

高桩最低0.5米，最高2.5米，光是高度就让很多人望而却步。桩和桩之间最远甚至隔着1.8米，舞狮却要狮头和狮尾两个人一起腾空跳过去。

这考验的不只是一个人的功夫，还有狮头狮尾两个人的默契度。有的搭档练上一年，也做不到完全配合。而一旦一个人从桩上掉下来，就势必影响另一个人，这让她们身上都有着大大小小的伤。

黄宝仪却觉得，这反而是一种荣耀，每一处伤，都证明了她更精进一步。练舞狮，身上肌肉更坚实，势必要离"白幼瘦"远一点，但她没工夫想其他的事，一心只想着如何做动作。她的秘诀在于同频的感受：当狮头奋力跳高，狮尾就要知道她是要上桩，而压低身子，就意味着下伏和悬坠。除此之外，她们还要在桩上摇头、晃尾，180度旋转。

桩上有一招叫"钳腰饮水"，模仿的是狮子"上高山，蹚水涧"的动作。需要狮尾钳住狮头的腰，将对方倒着甩上近360度。光是看到就让人倒吸一口冷气，而这些动作，黄宝仪几乎都做过。

钻进狮头之后，她就是那头狮子，既不会退缩，也不会恐惧。

第一章

哪怕在狮头中,人的视线范围会变得很窄,穿上舞狮的裤子,有时甚至都看不清脚下。一个狮头四五斤,相当于5瓶矿泉水,大多数女孩举一下都会很吃力,但她每次舞狮,至少要举上两个小时。而当她举着它做动作的时候,却什么都不想,只想要冲一把。

她形容自己:"农村的孩子就是这样,天不怕地不怕。"所以有的动作做不到,没关系,那就一遍又一遍地练;从桩上摔下来,也没关系,去医院躺上几天,接着舞。每一次的腾、挪、闪、跃、旋,都是狮子的喜、怒、静、醉、盼。她要表现出这只来自中国的狮子独有的精气神。

其实,还有一个秘密是,每一次舞狮,都让她觉得自己离梦想近了一点。

为了那件事,她觉得"哪怕是死了,都值"。

2. 女孩子不能碰"狮子"

在传统的观念里,女孩子是不能碰"狮子"的。

舞狮比赛,是一项男性之间的力量争斗。直到现在,很多地方在各种节日舞狮时，一听到"女子狮队"，还是要皱皱眉头。他们认为女性不能进入各种庙堂，一旦进入，是对神祇的玷污。当然，也更不能舞狮。

在黄宝仪印象里，之前舞狮的师姐只有一位，是她的偶像。2009年，13岁的黄宝仪还在上小学四年级，一天，舞狮队的邓大道来学校挑选合适舞狮的孩子。他要做一件可能充满争议又困难重重的事情——组建一支女子狮队。在这之前，女孩们就算出现在狮队，也只是打打鼓，或者打打镲，但他却觉得，女孩能做的不止这些。

当时的黄宝仪身材娇小，比很多女孩都瘦，在体育课上灵巧活泼，引起了他的注意。他随即到了女孩家，告诉她的母亲："让你家孩子来舞狮吧。"黄宝仪身子弱，家人想让她锻炼锻炼，就这样，她加入了狮队。

为了不耽误上学，师父组织她们 5 点半起床训练，两个小时之后去上课，下午 4 点接着练，6 点回家吃饭。跑圈要跑到师父满意为止，这个"满意"所消耗的时间往往是一个多小时。

基于性别的照顾是不存在的，女孩们和男孩们一起训练，体能自然会被比下去。师父为了提升女孩们的身体素质，就强制她们比

第一章

男孩们多跑几圈。因为身体弱,小黄宝仪觉得很辛苦,常常一边训练一边哭。

爸爸妈妈告诉她,做事情没有三天打鱼、两天晒网的道理。一个月以后,她第一次碰到狮头,紧接着,13岁的她开始上高桩。就在第一次踏上高桩的时候,她发现自己爱上了舞狮。

骄傲、成就感,刺激着她再往前,每次完成一个高难度动作,她都增加挑战下一个动作难度的决心。"完成了一个难度之后,别提多开心了。"训练是没有任何技巧的,唯有不停地练,一遍又一遍地重复,才能一次比一次更稳妥。

一切都渐入佳境时,她开始和队友们为顺德区的舞狮大赛做准备。

男性舞狮更凶猛、有力量感,为了拼得过对方,女孩们就在舞狮的灵巧和柔美上下功夫。她们设计独特的动作,让狮子的收脚更利落、张望更俏皮。一次比赛前,师父走到她们身边叮嘱:"今天是最后一次比赛了,你们认真一点。"

黄宝仪和其他狮队伙伴蒙了,一直追着师父问,为什么是最后一次比赛?师父松口说,因为自己要退休了,狮队找不到合适的领头人,所以这次比赛之后,她们就会解散。看师父是那么的无奈,狮队的孩子们都陷入了沉默,继续无声地训练。

黄宝仪的失落跌到了谷底,即使后来在比赛中,她们拿了第二名。但这也意味着,团队生涯可能就此结束了,后面的生活她形容为"流浪"。

她和离开家乡漂泊在外面的阿娟一样,鼓点经常在心中响起,却只能一个人训练。黄宝仪偶尔给开业的商场舞狮,每一次拿起狮头她都很不舍。她经常会想,如果这就是最后一次舞狮,怎么办?她还没证明给别人看,女孩子也能像男孩子那样舞狮。

没想到2019年,机会来了。

3. 舞狮背后的江湖

2019年,一个人找到黄宝仪。

他叫李培坤,一直在顺德伦教三洲龙狮团舞狮,2015年,团里的师父因为心肌梗死去世。去世前,师父把狮队的旗子,塞到李培坤和其他弟兄们手中,没来得及说一句话。李培坤知道师父的意

第一章

思，舞狮是老祖宗传下来的东西，不能断在自己手上。

舞狮，这项"两广"的传统，在晚清之前，还和北方的舞狮派系一样，没有名字的区分。直到晚清，外敌入境，岭南人怒将"舞狮"改名为"醒狮"，意在暗喻中华民族的醒来。而那时，勾栏瓦肆之中，舞狮也是武馆的必备。

直到现在，佛山洪拳、龙形拳、白眉拳、佛拳等武人，在传各家拳法时，都会教弟子醒狮。洪拳黄飞鸿，就曾教过醒狮，并且带领狮队抵抗外敌。侠之大者，藏武于狮，一直都是岭南人的骄傲。

但如今的情况却和《雄狮少年》中呈现的一样：曾经在狮头下意气风发的少年，选择去"卖咸鱼"，因为这项活动根本没法填饱肚子。狮头是竹子和纸做的，消耗很大，需要经常换，这需要一大笔钱。尤其组建一支狮队，还要给团队准备好充足的学习资金。

但李培坤却在这样的情况下，决定再次组建女子醒狮队。他找到黄宝仪，在他看来，这个女孩的技巧是很优秀的，最重要的是，她有对醒狮的执着。这个时候的黄宝仪正做房产销售，收入稳定，但还是决定加入醒狮队。和舞狮长时间的别离，让她更爱这项运动。每次在街边看到舞狮，她都在想，那个舞狮的人要是自己该有多好。

一次醒狮需要舞上两个小时，舞狮者上下跳跃，体力消耗极大，而每人每次的工资仅仅是 100 元钱。黄宝仪觉得："不是每个人都能有自己喜欢的事，和这个比，收入减少没什么咯。"

黄宝仪意识到，以前每个村都有一支舞狮队，现在却逐年减少。舞狮是个艰苦的活计，家长们都心疼孩子干这个。世界新奇，孩子们也有了别的追求，就连曾经支持她舞狮的父母，现在态度也变了。他们希望她"找个正经工作"。

但她却被《雄狮少年》最后跳高桩的阿娟感动了，她觉得电影在告诉所有舞狮的人，努力是有意义的。"看阿娟好像看到了自己，一直在努力，一直在拼命。"黄宝仪说。而阿娟最后一跃的舞台，和她梦想的舞台那么像，那个地方，或许有一天，她也能站上去。

4. 女孩当自强

黄宝仪梦想登上的舞台是——云顶世界狮王争霸赛。这个比赛 1994 年始创，每两年在马来西亚举办一次，相当于舞狮届的奥运会。创办初始，只是马来西亚的华人身在异乡，思怀祖国时的寄托，但却意外让舞狮这项运动在海外发扬光大。

第一章

令人唏嘘的是，这项地地道道的中国运动，在国际比赛中，中国队只拿过一次冠军，而那也已经是 18 年前的事了。

黄宝仪说，"所有舞狮的人，都以能参加这项比赛为傲，哪怕只是去打打鼓。"在她印象里，真正登上大赛舞狮的，只有多年前那个传说中的师姐。而她想做下一个站到那个舞台上的人，达成舞狮人最终的骄傲。不过由于比赛是邀请制的，所以现在唯有不停地努力。

重新回到队伍中的黄宝仪，在一次训练中，从高桩上狠狠地摔了下来。当时腰间一阵刺痛，疼痛让她甚至站不起身正常行走。师父和队员立马把她送到了医院，医生叮嘱，为了以后的健康着想，她最好此后不要舞狮。

但没想到一周之后，身体恢复到刚刚能走的时候，黄宝仪就从医院跑出来舞狮了。问她为什么，她回答："因为有任务，就继续舞。"师父在她出院前，问她，"你真的要去？"她回答，"我想去。"师父没说话。

黄宝仪知道，如果舞狮的时间是有限的，那么现在能做的只有更珍惜。因为她有梦想，而她心里清楚，这个梦想是很难实现的，所以她就要一直为这个梦想努力。

她正闯入世界

在《黄飞鸿之三·狮王争霸》中,开场有一段雄壮震撼的舞狮。镜头切到另一面,紫禁城的前方,慈禧太后正在转头对身边的人说:"怎么样,这回舞狮一定会让洋人看到我们的气魄了吧?"

黄宝仪也想在国际舞台上,代表中国,挺直胸膛,让所有人看到中国舞狮人的气魄。办法很简单,只有不停地练习。

她表示,近两年的环境有变化,好像喜欢舞狮的孩子们又变多了。舞狮的确曾经断代,但因为大环境对传统文化的扶持,一切都在往好的方向发展。现在舞狮的人大多数已是"00后",而她代表三洲龙狮团也参加了不少电视节目。这些都或多或少,能为传播舞狮文化推波助澜。

像电影《黄飞鸿》的主题曲中唱的那样:"做个好汉子,男儿当自强,昂首挺胸,大家做栋梁,做好汉,用我百点热,耀出千分光。"好汉子不一定是男性,女孩子也是祖国的孩子,一样能代表国家,站在世界的舞台上。

第二章

她正闯入世界

她正闯入世界

▶ 37 岁，不婚不育，
　跑去新疆给 200 只狼当妈

一个 37 岁的女人，孑身一人在新疆，还成了 200 只野狼的妈妈，这是种怎样的体验？这个选择与狼共生的人，就是吴燕。

人们眼里凶残可怖的狼，在她面前就像乖顺的"二哈"。吴燕的起居日常，几乎全围绕着养狼展开。这让她感到自在而幸福。

她说："结婚和生小孩都不是女人的必选，我要为我自己而活。"

1. 带狼遛个弯

冬至，新疆吉木萨尔县最低温度零下 11 摄氏度，寒风舔舐着这个苍茫之地。每天这里的下午都最暖和，吴燕就在这时准备出门遛狼。

遛狼是一件非常危险的事。狼急起来，谁都扑。所以她要用一条非常结实的大铁链子，一头拴着狼，一头拴在自己的腰上。此时，附近整片山都被积雪覆盖，在阳光下微微闪光。吴燕跟着狼一起山上山下地跑，一跑就是两三个小时。狼一出来就"疯"了，在重返山林的兴奋感的刺激下，奔跑速度极快，力气很大。好在以前练过跆拳道的吴燕也算强壮，每次遛一只公狼或者两只母狼都还能吃得消。

有时，她还会带着一群小狼崽出来放风。遛狼的时候，她没有任何防护措施，只穿一身厚点的迷彩服。偶尔狼不听话了，她就一手把狼捞起来，抱在胸口。

身边的人都说，吴燕比狼还像狼，她"嘿嘿"一笑，说自己从小就是个"狂人"。

住在附近的人，经常能看到一个女孩带着一两只狼奔跑，他们一点也不吃惊。

因为吴燕的老板——"狼王"杨长生的公司就在这里。他建了一个养着 200 多只狼的基地、旅游景区——野狼谷。新疆野狼谷是一片特殊的地方。在杨长生的管理下，人狼和谐相处。

但在它诞生之前，牧民和狼之间关系紧张。村民时常受到狼的侵扰，吉木萨尔县地处沙漠边缘的一些村庄，还曾出现过狼 3 个月内咬伤 138 只牧羊的事。但狼又属于"国家重点保护野生动物"，牧民们不能随意猎杀，只好把用捕兽夹抓到的狼关在笼子里，或者请求森林公安的帮助，送到有关地方。

杨长生不同。野性十足的小狼见着他，乖乖趴着撒娇。"狼缘"极好的他，也喜欢狼。后来，他干脆从牧民那里收狼，一起半放养在野狼谷。这解决了当地人的心头大患，同时又能保护狼，维护种群数量的稳定。

吴燕每天 7 点半起床，吃过早饭就开始工作，给狼喂食，收拾窝圈，运饲料；晚上，她就住在野狼谷附近，在别人听到就毛骨悚然的狼嚎中安心沉睡。野狼谷一共有 3 个狼圈，每个圈里都是一个狼群。

在一个狼圈里，你可以看到帮派争斗的"谍战戏"，也可以追到霸道总裁和小娇妻的"甜宠文"。群狼一起玩闹，也厮杀，残酷和趣味交织。

除了成年狼的狼圈之外，这里还有令人意想不到的"养老院""托儿所""夫妻院""医务室"，给不同年龄段的狼做出划分。有的狼到了8岁，打不动了，退隐江湖，就被放到"养老院"。这里的温度适宜，对它们的关节友好，同伴们也都闭目养神，彼此之间很少有争斗和冲突。

有的母狼交配期一过，产下一窝可爱的小狼崽，吴燕和伙伴们就连忙把它们放到"托儿所"。饲养员们用新鲜的牛奶作早餐，把煮好的冷鸡蛋切碎，和牛肉一起搅拌作午餐，每天精心照料狼崽。初生的狼崽存活率其实非常低，尤其在6个月的时候。吴燕说，有时一窝只能活下来一两个，而饲养员们是既当爹又当妈。

2. 300万人在线"云养狼"、"嗑cp"

2019年，吴燕开始在短视频平台分享自己的养狼日常。没想到，一下子斩获300多万粉丝，一起在线"云养狼"。有人邮寄食物来投喂狼；有人不远万里组团来看望吴燕和狼群。粉丝们最喜欢看的，是狼群间的故事，既像《甄嬛传》，又像《无间道》。

最近，吴燕常去狼王"猎奇"的狼圈。猎奇是一名5岁的公狼，也是狼圈的狼王，一在镜头前崭露头角，就迅速成为狼圈顶流。有人给猎奇写文,有人给猎奇画图。但近期才看吴燕视频的人一定想不到,猎奇其实也有野蛮残忍的一面。

吴燕亲眼见过无数次狼群的争斗,最凶狠的是猎奇在3岁"搞对象"的时候。猎奇有个青梅竹马的女朋友,叫"黑玫瑰",是一只西伯利亚黑狼。她凶狠强壮,靠着自己的能力杀出天地,成了狼圈里的母狼王。她一心喜欢猎奇,疯狂向对方暗示,但猎奇却爱上了另一只母狼"小白菜"。

一天下午,正在另一个狼圈的吴燕,突然听到猎奇所在的狼群传来怪异的叫声。和平时的不一样,凄烈异常。她心里一紧,赶忙跑过去,到的时候发现黑玫瑰已经死了。原来,没有被猎奇选中的它遭到了围攻,整个狼群已经杀红了眼,疯狂撕扯黑玫瑰的身体。

吴燕和其他工作人员不顾危险冲进狼圈,他们有的扯着狼的脖子往后拉,有的直接伸手去掰狼正在咬合的嘴。狼正在狼头上,逢人就咬。每个饲养员身上都会有大大小小的伤,伤口深的,直接是一个洞。这是吴燕伤得最重的一次,一个月才养好。

就算是杨长生,也避免不了受伤。有一次,一只叫"白脸"的狼趁杨长生没注意,一口咬到他身上。好在其他的狼都在身边,狼王立马跳出来咬住白脸,其他的狼也一举冲上去,保护杨长生。事

第二章

后,白脸还遭到了狼群的孤立。

其实,面对这么凶狠的动物,而且还是一群,吴燕也会害怕。但身上担着责任,紧急关头,她还是会在一瞬间抛下恐惧。

吴燕他们最后还是没能救下黑玫瑰。她跟我解释,其实只要黑玫瑰服个软,舔一下新狼后的下巴表示恭敬,就能免了一死。但它临死都没有这样做。这一幕让所有人撕心裂肺。吴燕不轻易流眼泪,心脏却疼得犯了老毛病,整个人喘不上气来。这就是吴燕说的,你永远不可能驯服狼。

看着眼前自己拉扯大的黑玫瑰死去,他们想把它做成标本,"让它用另一种方式活下来",但它的身体已经残破得无法拼凑,只能火化。

狼的习性难改,但猎奇也有极其拟人化的一面。有一次,吴燕被来参观的游客指着大骂一顿。因为野狼谷有规定不能跟客人争执,她只好收起愤怒,压着情绪,一个人生闷气。猎奇就跑过来蹭蹭她,冲她撒娇,吴燕看着它的眼神儿,感觉它就在说:"你怎么啦?不要生气啦好不好呀?咱们一起玩吧!"看吴燕没理它,平时不可一世的狼王,还把自己的脑袋塞到了吴燕的怀里拱了两下。

061

她正闯入世界

猎奇和现任狼后小白菜的"甜宠剧",是网友最爱看的。其实猎奇早就对小白菜动心了,但相对瘦弱的小白菜,哪敢答应"霸总"的追求,狼后的位置一人之下万人之上,无数双眼睛在盯着。猎奇没少费劲儿,才终于追到了老婆。

有了稳定家庭之后,猎奇浪子回头,还在老婆面前当起了"忠犬":她吃饭,他守着;她坐下,他为她梳洗舔毛;她被欺负了,他替她出头,让观众"磕生磕死"。

3. 狼一样的女孩

吴燕觉得自己和狼很像。她从小就是"野大"的,过着流民一般的生活,从没上过学。13岁之前,她跟着父母跑遍中国西北各地。她的性格很冲,信奉"睚眦必报,知恩图报"的朴素价值观。这种信念,正是她开始养狼的原因。

吴燕来自陕西。她的父母本在老家务农,等她稍大一些,就开始外出打工。两个哥哥跟着爷爷奶奶长大,她和弟弟妹妹一大家子东奔西跑。记忆里,从七八岁开始,她就没有过稳定的朋友,也没留下一张照片。

第二章

1996 年之前,这家人去过青海、内蒙古、山西,当时的工作机会不多,加上父母普通话不好,找工作一直碰壁。在她 13 岁时,一家人来到新疆,在杨长生开的物流公司落脚。

刚到新疆的时候,也是最苦的日子。家里只有米和盐,于是五口人白米饭就着盐吃了一个月。吴燕还记得,父亲第一次拿到工资买了鸡蛋回家的情景,几个鸡蛋加上油一炒,香极了,一家人吃的要多高兴有多高兴。

因为吃过苦,她直到现在仍然觉得,只要吃饱,就是好日子。从小,吴燕就懂事,时不时去父亲工作的地方捡瓶子换几毛钱。

杨长生心疼这个孩子,总是很照顾她。他也欣赏她身上的"硬脾气"。吴燕和好朋友出去,有毛手毛脚的小子招惹朋友,看对方没有低头的意思,她二话不说把对方打一顿。

18 岁起,吴燕也开始在杨长生这里工作,做过搬运工,给他的女儿杨洁当过司机。2001 年,杨长生开始养狼。看着杨氏父女和狼之间如同家人般亲密相处,她感到羡慕,也情不自禁地观察、研究、靠近狼。

有一天,杨长生抱着一只小狼崽找到吴燕,这是当时狼王刚生的宝宝，脸上还沾着泥巴。没等吴燕反应过来，杨长生"啪"一下就把小狼崽塞到了她怀里。那一瞬间，吴燕整个人都被这个小宝贝可爱的样子点燃，激动得不得了。

她从小身边就一直有小动物，就在不久前，在她帽子里长大的小茶杯犬豆豆因为意外去世了，于是她把手里的小狼崽也取名豆豆。杨长生教她，小狼崽因为太小，排便排尿都不顺畅，需要她每天隔两三个小时，用手帮它排泄，半夜也要起来喂奶。

就这么辛辛苦苦把豆豆拉扯到 6 个月，它生病了。它开始拉肚子，把吴燕吓得每隔几分钟去看它的粪便。以前她老调侃豆豆的大便臭，这个时候也顾不上了。

杨长生和吴燕领着豆豆去打针，前后花费近万元，才彻底把它从危险中抢救过来。豆豆越长越大，家里经常被它弄得一片狼藉，杨长生指着吴燕说，真是谁养的狼像谁。

给狼崽当爹又当妈，心思细腻的吴燕，是个独身主义者。37岁，她没谈过对象，也不着急结婚，更没想过要孩子的事。妈妈催婚过一次，她回答："人活这一辈子，把自己过好，对得起身边人就行了。"妈妈从此再没说过这个事。

妈妈不喜欢吴燕养狼，问她："你就不能干点女孩子干的事？"在吴燕的认知里，没有什么"女孩子该干和不该干的事"。她只知道，要为自己而活，何况如今还有上百只"狼娃"要养。

养狼久了，她觉得自己的性格反倒变得温和了："以前自己是个性格特别冲的人，但跟狼在一起久了就学会了忍耐，狼群争斗时，如果被攻击的狼没有把握赢，即使遍体鳞伤也会选择忍耐。"

4. 野狼谷里的相互守望

吴燕形容自己的倔强，最常用的两个字是"拧巴"。要么就不做，要做就做到最好。比如杨长生随口提了一句，让她给狼拍拍视频，她就立马记在了心里。一段时间后，这个读书有限，认字不是很多的姑娘，竟迅速掌握了拍视频、发视频、剪辑等操作，早期，她一个人承包了这些操作。在好看视频、哔哩哔哩等平台上都开了账号。

野狼谷的人看了都高兴，近几年景区的生意不景气，一直靠着杨长生物流公司的老本才勉强坚持。

现在，杨长生已经75岁了。他把野狼谷交给了女儿杨洁，并叮嘱所有人，无论多难一定要把野狼谷坚持办下去。这也成了野狼谷所有人的心愿和悬在头顶的使命。

新冠疫情期间人流少，很多工作人员有时自己都不买火腿肠吃，却舍得买来喂给狼吃。过年过节，往往也是景区人流量最多的时候。员工们很难回一次家，都和狼一起过。今年冬至，杨长生还亲手给大家包了牛肉馅的饺子。

吴燕告诉我，很多杨长生身边的员工，在他身边跟了几十年，从年轻到白头，像是家人一般。自己如果没有什么变故，也一定会在这里工作下去。

吴燕叫杨洁"杨经理"。杨经理从部队回来的时候，正是吴燕20来岁"最刺头"的时候。她经常因为自己说话直，得罪一大片人，事后去杨经理的办公室自己先招了："杨经理啊，今天我又把人给得罪了，你赶紧给人家道歉吧。"杨洁就拿起电话，给她"善后"。有时候过"六一"儿童节，吴燕还会跟杨洁提要求，"今天儿童节了，你不得给我过一过嘛。"

进狼圈的时候，杨洁也经常和吴燕一起，两个人更安全。对吴燕来说，和父母在一起的时间都在为一口饭忙碌，而自己获得很多人生的道理，反倒是跟杨长生和杨经理学到的。

第二章

　　有人经常在吴燕的直播间底下问：既然这样，你们为什么要圈养狼？你们这样算虐待动物吗？这是不是对狼本身并不好？

　　其实，野狼谷的工作人员也一直希望把狼放生。但是，大规模的狼回归山林势必会影响生态平衡，哪里需要狼、需要多少只，都要等林业局精密的统计和测算。

　　吴燕解释，如果狼和人太熟悉了，就不能放回自然了，因为它和人接触得越多，越不怕人。

　　在匹配到合适的放生场所之前，他们要在这雪山深处，沙漠之疆，把狼一直养下去。

她正闯入世界

▶ 39 岁的女摩托车赛车手：
性感外的"好奇心"和"不甘心"

你走在大街上时，有没有和风驰电掣的摩托车擦肩而过？有一天我驻足观察，才反应过来，那一抹消失的背影，属于女骑手。

从那天起，我慢慢发现，摩托车女骑手数量远比想象中的要多。和网上流传的"性感""诱惑"等评价截然不同，她们帅气、自信、洒脱，驰骋远方，没有丝毫的畏缩和恐惧。这让我好奇，骑摩托车，甚至能参加比赛的女骑手，都是什么样的女孩，她们又过着怎样的生活？

于是，我找到了著名的女摩托车手燕子，解锁了一个关于"勇敢"和"竞技"的故事。

第二章

1. 一段名为"悲剧"的职业生涯

如果向别人介绍自己的赛车故事,燕子首先会说:"我的职业生涯,就是一场悲剧。"

燕子原名王艳,起初,她只是一名摩托车爱好者。但在 29 岁的时候,这个爱好者想要冲上赛场,而这个决定是在她一次重大受伤后做出的。

那是她刚接触摩托车的第二年,在一次跑山的时候,她骑着摩托车冲出了弯道,摔在了距离悬崖只有 10 厘米的地上。撞击发生的瞬间,一切猛烈的天旋地转。身体上的冲击造成的是精神上的大片空白,人瞬间昏迷,失去知觉。再睁开眼的时候,燕子发现自己已经躺在悬崖边,5 个小时后被送到了医院。医生告诉她,她的左股骨干粉碎性骨折,经过 7 天的腿部牵引之后,还需要进行髓内钉固定。

手术进行得很顺利,10 个月的修养以后,朋友叫她去看赛车比赛。比赛结束后,她到发车区跟赛车手合照。但看着那些和赛车手合照的人,"咔嚓"的相机声像是打火石,点亮了她脑子里一个想法:"我为什么要作为观众去拍照?我才应该是那个别人想来跟我合影的人。"

她正闯入世界

这个时候，身体里的 14 颗固定钢钉还没有被取出来，但她却决定成为一名赛车手了。这似乎就注定了她和其他赛车手的不同，年龄和性别都是可以打破的壁垒，但身体上的伤却不能弃之不顾。这些伤会牵制着她，让她永远无法挑战身体的极限，冲上冠军的位置。这是一场注定不会赢的战斗。

教练告诫她："别人要追求极限，但你得慢慢来。"她知道，自己可能永远上不了冠军领奖台，但这又能怎样呢？成绩并不是全部。"有时候你知道这事儿大概率不行，但还是想要试一下"，燕子说。事实证明，她做到了。

赛车时的感觉是大脑一片空白，眼前只有画面和车下的弯道，车子在飞速加快，带动心率提升。和其他大部分竞技体育不同是，这种速度的提升是被动的，有机器的作用，还有恐惧的刺激。燕子形容是："恐惧提高了你的肾上腺素。"但这种恐惧感是会上瘾的，她觉得就像人对痛感上瘾一样。而当你克服恐惧之后，随之而来的是成就感。

那种成就感与他人的掌声和欢呼无关，是专属于你和时间的秘密，像一颗糖果，让你觉得，每一次，自己能比之前再进一步。因为当头盔戴上的时候，没人知道你的性别、年纪和你的身体上有多少伤，大家飞驰而出，只为了争上几秒的速度。忍耐力在这个过程中拉伸，以秒计数，而成就的阈值也一次次提高，充满无限诱惑。这个过程的丰满，会让人忘了那个注定就不会成功的结局。

总有媒体会问燕子："你能一次又一次挑战极限，是因为梦想和热爱吗？"燕子的回答是，"在不知道未来如何时，谈梦想其实并不诚实。能不停地挑战极限，只因为六个字：'好奇心'和'不甘心'"。

2. 跟自己较劲儿

燕子第一次骑摩托车，起源于一场较劲儿。

当时她看到朋友买了一辆漂亮的摩托车，很帅气，想上去试试。那台车很贵、很大，朋友说，如果你能把摩托车扶正，我就让你骑。因为车很沉，侧面也有些问题，对力量不够的人来说，想扶正其实有些困难，但对方低估了她的力量。她把车扶正后，让朋友教她，她几分钟就学会了，她骑着车就上街了。现在想想很危险，女孩们不应该模仿。

下定决心学赛车后，她想，就先冲着那个最高的标准去要求自己。于是她问身边赛车的朋友，全中国最好的摩托车赛车教练在哪里？朋友给她留下了一个名字——王西利。

她一通电话打到了陕西西安，接电话的是王西利的幼兽王车队里著名的赛车手王铸。燕子直接说："我能不能找你训练去？我想跟你学赛车。"对方答："行啊，你来找我爸吧。"

她发现，有些事情只要你敢做，其实就是这么简单。

她激动的一晚上没睡着觉，这件事后来还被她放进段子里，在讲脱口秀的时候说出来："你看，赛车跟谈恋爱很像吧？赛车，咱就找最好的车队练习，恋爱，咱就跟长得最好看的人谈。"

跟很多赛车俱乐部不一样，这里的训练是军事化管理，只有命令和执行。去的人很多，留下的没几个，燕子却坚持下来了，这背后是无数次艰辛的赛车训练和体能训练。

一开始，队员之间很少交流，作为全队唯一的女性，很多事情她都得自己慢慢琢磨。赛场奉行的是丛林法则，燕子解释："这里就是战场，你可能因为一点失误，或者被对手钻了一个漏洞，就要受伤或赔上性命。"所以即使是同队队员，一开始，也保持着友好和一定的距离。

第二章

在队期间，无数摩托车爱好者来了又走，但她却按照要求坚持训练，提高自己的技术。朋友形容她："在你身上，看不到南北属性，也看不到男女属性。"直到有一天，她的赛车手套破了，队员默默地帮她缝好，她知道，自己被认可了。

同样的感觉，还出现在教练督促她的时候。王西利教练是原陕西省摩托车队的主力车手。他严厉、暴躁，着急起来会忍不住讲陕西话，经常皱眉、很少笑。在他的培养下，儿子王铸13岁获得中国公路摩托车锦标赛年度亚军。而除了王铸外，还有大批优秀的摩托车车手出自王教练手下。

教练对待燕子也没有特殊照顾，让跑12～14圈，如果她跑上8圈累了想休息，教练就拿着自己专门定制的碳纤维棒子，打到她的身上。这让她不敢懈怠，接着继续训练，而一旦进入状态里，那个原来的她又会回来：上车了，就不甘心跑那么慢；跑起来了，就不甘心做最后一名。既然来到车队训练，就不能不拼。由于这些，最终导向了一个结果，她成了一名专业赛车手。

在"2019GKGP成吉思汗大赛"上，原本是赛事解说的她，突然想：自己作为夕阳车手，是赛一场少一场了，如果在解说的空档期去挑战跑一场，会有什么样的结果？但她同时也意识到，赛车比赛需要高度集中的意志，解说完再参赛，她不确定自己的体力是否吃得消。但转念一想，拼搏不就是体育精神吗？于是她决定：参赛。

在候场的过程中，燕子认识了新西兰车手 John 和德国车手 Heiko，招呼打完，各人都在心里摩拳擦掌，想和对方较量一番。比赛开始了，赛程没进行多久的时候，John 翻车出局。而 Heiko 和燕子继续竞争，可惜在最后几圈，燕子因为一天的主持，体能撑不住，被甩在后面。

第一场比赛结束，燕子走到 Heiko 身边说："明天那场，我不会再让你超过我。"第二天的比赛，双方都铆足了劲儿，一开始燕子因为发车失误，落在后面，前六圈燕子紧紧地跟在对方身后，这意味着后半程是紧张的发力点。第六圈的时候，燕子利用晚刹车的优势，超越了他，紧接着就是距离越拉越远，因为对燕子来说，这天的体力可比当解说的前一天好多了。比赛收尾，燕子稳拿第三名，Heiko 紧跟其后，是第四名。比赛结束后 Heiko 主动找到燕子，给了她一个敬佩和祝贺的拥抱。

领奖的时候，打败两名男性国际车手的燕子，既是主持人又是领奖人，她站在领奖台上，感谢 Heiko 这个国际友人，是他让她再次感受到赛场拼搏的快乐。也让她再一次相信，成功和失败有时候只差再试一次。

3. 在人生的赛道上

两年的赛车经历，燕子开始想做一个专业的摩托车赛事 IP 了。

她和当时的男友打算合伙创业，CEO 的位置留给了男友，但因为男友是外国国籍，所以股权由燕子代持。2018 年，融资因事被无限期延长，而在举办一场体育赛事的时候，男友又花光了公司 200 多万元的流动资金。

公司业务难以开展，男友回国了，作为股权代持人的燕子，需要一个人面对公司所有的债务。她卖掉了自己的车，用所有存款补上公司的窟窿，直到现在，仍在处理剩余的股权纠纷问题。

在最艰难的时候，她因为一个契机回到车队。那一年她 37 岁，人生清零之后她胆子更大了，她骑上摩托车，时隔 5 年后又回到了赛道。教练意外发现她"状态还不错"，想让她参加 2020 年 CSBK（中国超级摩托车锦标赛）400cc 统一组和罗马尼亚锦标赛 600cc 女子组比赛。

从年龄上看，她已经算是夕阳车手，但事后燕子想，或许是教练想帮她实现梦想。她就这样，重返赛场。她觉得，人生和赛车一样，不能摔怕了，"摔了之后就爬起来接着跑，你要跑得比之前还快才行"。但很遗憾，她这次并没有如愿以偿，因为新冠疫情，原本定好的赛事取消了。

她回到职场，一个人去上海，做赛事运营和培训。有时候也去做摩托车赛事的主持人和赛事解说。她运营自己的抖音账户，已经积累了38万粉丝，又尝试走上脱口秀的舞台，把曾经觉得痛苦的事儿，用段子的方式讲出来。

她想起自己的第一次事故，股骨干粉碎性骨折和桡骨骨折。恢复意识后的她第一个想法就是，让朋友把她的头盔带来，趁着腿还在牵引，合照留念。在医院那层创伤骨科，到处都是意外受伤的人，痛苦的尖叫声此起彼伏。但不管是拆牵引，还是康复训练，她一声不喊，喊了也疼，没那个必要。

医生每天早上来查床，是她一天最开心的时候，门刚被医生推开，她就高喊："欢迎光临。"医生和护士检查完离开，她再补一句："欢迎下次光临。"医生说，"28床你心态好，去帮我们劝劝隔壁病房那个小孩。"

她说到做到，隔壁病房一个比她小10岁的小伙子，本来对治疗极其抗拒，对父母的照顾百般挑剔，一点点不如意就大喊大叫，在她的劝说下，后来再也没听他喊过一次。

而重返赛场后，意外也会毫不留情地到来，在一次训练中，她在赛道上，以 200km/h 的速度摔了出去。当时脑部受到了很大损伤，她昏迷了 6 个小时，失忆了 7 天。因为头盔破损，石头进到头盔里，损伤了她的皮肤和鼻骨，导致鼻骨骨折，整张脸被毁的自己都认不出来。

但每次面对赛场上和人生中突如其来的厄运，她都不介意跟它们说一声"欢迎光临"。"事情已经发生了，你想不想承担，都得承担。"她说。

4. 比赛又开始了

现在的燕子，不再只是个"成就自己"的摩托车赛车手，而是一个成就更多摩托车爱好者的"培训者"。

她受客户委托正在策划一条国际一级赛道，如果成功，可以让很多国内的摩托车手，有更好的训练环境。同时也在公司和各方支持下，尝试引进一个国际赛事 IP，把中国车手送到国际赛场上去。她开始在车队开展赛车培训，为摩托车爱好者打开一条学习赛车的通道。

但燕子爱较劲儿的个性，一点都没变。做全地形赛车队运营的

她正闯入世界

时候,她曾经遇到过车手和机械师产生巨大的冲突。机械师在明令禁止私自动车的情况下,把摩托车推出库,把减震调软。车手因此在跳跃双峰的时候,从车上弹了出去,肩膀脱臼。燕子拎起一把扳手,抡向机械师,两个人扭打起来。

"在车队运营和原则性问题上,我是很强势的,给车动手动脚真的会出人命",她说。

燕子回想,这股不认输、不退让的劲儿,其实在童年时就已经有了影子。上幼儿园的时候,爸爸给她买了一辆适合小孩子骑的三轮车。小三轮是给孩子代步用的,稳定性极高,还没上小学的燕子骑上去,不一会儿就掌握了这辆车的骑行方法。

但和别的小孩不同,她不满足于这种简单的游戏,一会儿之后,她开始用这辆小车练习急转弯。但三轮车的特性导致它一转弯,就会反方向倒下去,她试了几次,都不成功。转一次翻一次,4岁的她就起来接着试,翻一次再转一次。到最后几乎是一边哭,一边跟车较劲儿。

爸妈走上来,她对他们说:"你们不要帮我,不要管。"于是父母看着她一次次跌倒,再爬起。

第二章

创业失败后,她跟爸爸坦白,看错人了,下次的会更好。爸爸回复她四个字:"相信女儿"。

采访燕子的时候,她刚过 40 岁的生日。这是很多女性在世俗眼光中本该成家立业的年纪,但她偏爱心跳的每一个瞬间,享受胶着的过程和受伤的风险。未知是一场诱惑,选择总能击败恐惧。她仍在赛车事业中拼搏。她会继续向前走,另一场关于人生的赛事,说不定正在开启。

吴燕常想起自己从小到大都为之着迷的童话故事《小美人鱼》。为了化作人类追寻陆地上的爱人,小美人鱼甘愿失去曼妙歌喉,忍受步行时足部的锥心疼痛。最终,为了成全深爱的王子与他的未婚妻,小美人鱼扔掉了救命的匕首,在日出中破碎为海上洁白的泡沫。在吴燕眼里,这不只是一个关于牺牲与浪漫的悲剧,更是一场关于勇气与胆量的抉择。

因为这份喜欢,她曾买下一个潜水俱乐部,从零开始学潜水。当她在墨色的海中与鲨鱼擦肩而过,恍惚间像是真的成了那个"大胆去爱、大胆追逐"的小美人鱼。燕子想,小美人鱼一定是不后悔的。她行动过,争取过,感受过,所有的喜悲都真实而动人。

哪怕无数次面对失败和摔倒,燕子从来不喊一声疼,像是从未受过打击那样，再次一往无前地冲向世界。屡屡遭挫，并不等于变成了失败者。相反，意志的懦弱，或许才是失败的信号。

女孩们，你们可以选择成为富有竞争观念的强者，也可以选择成为勇敢享受速度与激情的人，去追逐竞技与力量，强悍地活着，就像燕子一般吧。

第二章

▶ "90后"做中老年女装模特

模特行业,是一个看上去光鲜亮丽,对外形和容貌有着极其苛刻的行业。在人们的固有认知中,它象征着青春、精致与完美。但梁晓晴是个有些不一样的模特。

当别的模特要展示青春、精致与完美时,20岁出头的梁晓晴,却要盘着又厚又沉、倍显年龄的"妈妈头",故意化着端庄老成的妆,去模仿中老年女性的神情和动作。她看起来显老了至少20岁,站在其他靓丽的同行面前。尤其当被老同学认出来后,她一度感到有些难受。

拍了12年中老年服装,梁晓晴30岁了。除了以秒计算的换装速度,一分钟切换上百个拍摄动作的娴熟,她也逐渐接纳、拥抱

她正闯入世界

"小梁阿姨"这个昵称和身份。她热爱这份工作,同时也发现:中国妈妈衣柜中的衣服,正变得越来越新潮、年轻化。

1. 掏空"妈妈们"钱包的女人

梁晓晴是一名"资深"的中老年女装模特,从18岁入行至今已超过12年,或许此刻你打开电商平台,搜索"妈妈装",第一页带着和蔼笑容的服装模特就是她。

和其他平面模特需要保持瘦削的身材、吃青春饭的刻板印象不同,梁晓晴身材丰腴,笑起来脸颊两侧法令纹明显,工作时总是梳着高颅顶的"妈妈头",化妆时突出脸上的年龄感,让她在工作中看起来就像一位优雅知性的"阿姨"。

有人说她工作轻松,比如往返不同城市,"拍拍照就能赚钱";有人说她赶上了服装电商的红利,是运气好;更有人说她做着"所有少女梦想中的工作"。"其实我们这行并没有外界想的那么轻松,但确实是一份努力就有回报的工作。"说这话时,已是晚上10点,梁晓晴结束了一天的拍摄工作,用了大半瓶护发素才将头发上厚重的发胶软化洗去,然后准备第二天的拍摄。

第二章

这头如云朵般蓬松瞩目的盘发，要达到发量夸张却支撑稳固的效果，做起来一次就得花两三个小时。套衣服时要小心翼翼，连去厕所也得戴上头套保护好发型。拆洗也费劲，她有时候也会心疼自己的真发，和造型老师说"少下狠手"。

为了让神态更接近中老年人，她在工作时不仅要靠妆造，还要刻意模拟中老年女性的神态。平时走在路上，她也会细心观察中老年阿姨们的着装和表情，运用到拍摄中。

当闪光灯亮起的时候，梁晓晴会立即进入工作状态，根据摄影师的节奏调整，迅速露出恰到好处的"慈祥笑容"，在1分钟内行云流水摆出100多个中老年女性经典拍照动作：挥手、抚额、翘兰花指……然后迅速换下一件服装。

服装行业讲究"时机"。新品的推出，要领先新季节的到来。因此，反季拍摄是梁晓晴的工作常态。在炎炎夏日，她得顶着高温穿上羽绒服；在凛冽寒冬，又要忍冻展示清凉的裙子。

在新品扎堆上新的季节，梁晓晴都是在不断换衣服中度过的。最忙的时候，梁晓晴一天要拍摄400件应季新品，相当于每小时要不间断更换40套服装，此时的一天她只能睡4个小时。每次换衣服的时间都要精确到秒，才能不耽误当天的行程。为了配合摄影师的时间，在上新季时夜出昼归，乃至全国飞也是常事。

这些经由梁晓晴展示的衣服，随着发达的互联网电商被推送至全国各地，乃至海外的中老年女性的手中。因此梁晓晴被冠以"掏空'妈妈们'钱包的女人""'妈妈装'的半壁江山"等称呼，也带来了外界对这个神秘职业的财富猜测。

实际上，和许多"自由的工作者"一样，梁晓晴没有固定公司，收入全看单量，所以有时候也会担心"失业"。因此早在两年前，梁晓晴就抓住"中老年女装模特"的吸睛点，顺势兼职做起了博主副业，在社交平台上分享自己的生活、事业、爱用的好物等。

她的很多视频都是在拍摄现场抽空拍的，甚至来不及放下那头厚重经典的"妈妈盘发"。有时候大家也会好奇地问她："你不辛苦吗？"对梁晓晴来说，这份工作是辛苦的，但更是快乐的。

2. 意外穿上"妈妈装"

"做模特"，是梁晓晴一直以来的心愿。但成为老年服装模特，却始于一个意外。

第二章

1992年，梁晓晴和双胞胎妹妹出生于北京一个开明的家庭。她爱美，脑子活络，在初中的时候，就通过网络售卖服装和饰品，赚到了第一桶金，每月能有上千元的收入。不过，这份"事业"很快被繁忙的学业淹没，不得不暂时中止。但一颗小小的种子，却在她心里扎根了。

2010年，梁晓晴进入大学，主修当时最红火的通信专业，不出意外未来会是一名通信工程师，过着按部就班的生活。但这并不是梁晓晴期待的未来。从内心来说，从小爱美的梁晓晴并不想成为通信工程师，她想做空姐、模特，与美打交道。她身高170厘米，体重90多斤，长相甜美温婉，硬件条件也符合。

那也是移动互联网元年和"选秀"活动最火热的年代，无数素人走向了台前展示自己，追寻梦想。上大学获得"自由"之后的梁晓静也不例外，决定尝试一次。

她参加过海选走秀，也花800元拍了模卡广投简历，还做过一天150元钱的礼仪模特。150元钱，对于还是学生的梁晓晴来说，无疑是一笔巨款。但北京高校多、学生多，还有大量专业模特，这样的机会不是时常有的，"发一个招募，能有十几个人报名"。

对于许多怀揣着梦想的年轻模特来说，挤破头也要进入时尚行业，穿上漂亮的时装、展示亮丽的美妆，才是自己出路。但事实上，除了高大上的 T 台和大胆张扬的设计，与每个人密不可分的日常衣着，也同样需要模特作为参考去展示。

有一天，有个合作过的公司打来电话，问梁晓晴愿不愿意接一个工作服拍摄。这次，梁晓晴一共拍摄了 100 多套工作服，拿到了 300 元酬金——拿到酬金时，梁晓晴心中的激动无以言表，毕竟那时候身边人兼职能拿到 150 元钱就算高薪了。也是这次拍摄，让梁晓晴对服装模特产生了好奇，并萌生了想要入行的想法。所以当一个从未合作过的影棚，问梁晓晴"愿不愿意拍中老年服装"时，梁晓晴没多想就答应了，"赚钱嘛，不寒碜"。

中老年模特在中国一直是个"稀缺"的存在，加上拍服装单次动辄几十件、上百件对体力消耗大，中老年人吃不消，所以只能去找一些年轻的、有模特经验的人。

可彼时国内电商刚起步，女装作为一个重要类目发展迅猛，对模特需求大。但因行业太过新，且卖家都以个体为主，拍出的照片并不精美，拍单件衣服付的报酬也不高，甚至还会拉低模特们的商业价值，所以很少有按小时或者按走秀场次收费的专业模特愿意接拍，整个行业模特供不应求。

于是许多拍摄公司只能将目光放在不那么挑剔的"兼职者"身上。在此之前,作为兼职模特的梁晓晴,已经拍摄过各种风格的服装,甜美的、淑女的、运动的、酷飒的。

在这家发出邀约的工作室看来,梁晓晴肩宽个高,脸部还有未退的婴儿肥,在照片上"看起来无攻击性、年龄可塑性强",能撑起宽松版型的中老年服装。

3. "你就是那个拍中老年女装的女生"

尽管一口答应下来,但真开始拍摄中老年服装时,梁晓晴心里还是难受了一阵。在照片被朋友们认出来之后,她还坚决不承认。

最难受是外表的变化。梁晓晴入行做兼职的时候才18岁,但做中老年模特,需要用很多发胶,将头发梳成显年龄的"妈妈头",然后再用化妆手法将容貌贴近中老年人的神态,"总之要看上去像个中老年人"。

第一次化完妆的时候,18岁的梁晓晴看着镜子里自己快50岁的样子,心里很不是滋味,"哪个少女不希望自己美美的呢?"所以有时候被同学看到照片,梁晓晴也不愿承认那是自己。

另一方面，那时候网购才兴起，中老年服装并没有那么精美，大家对中老年女性还有刻板印象，在服装设计上往往突出艳俗及轻品质特点，很多时候模特换上衣服后显得土气，这种对比在和时尚女装模特同台时会放到最大。尤其对想做空姐、时尚模特的梁晓晴来说是种巨大的煎熬。

某次她顶着"妈妈头"和摄影师去北京某时尚潮流地拍摄的时候，正巧一个拍摄潮流女装的模特结束在大牌 Logo 下的走位拍摄，摄影师瞧见背景干净、出片高级，于是让穿着"妈妈装"的梁晓晴也学着同样的姿势拍一张。尽管内心尴尬，但梁晓晴还是站过去完成了拍摄。

不过尴尬很快就被"赚钱"的快乐代替。有一次梁晓晴拍摄了 250 件衣服，按照 10 元一件的拍摄价格，当天梁晓晴就拿到 2500 元报酬，看着钱包拉链都拉不上时，梁晓晴觉得这份工作能长期干下去。

丰厚的报酬、源源不断的订单，也让梁晓晴看到了传统语境中被忽视的中老年女性——她们也是爱美的，也是需要被看见的。因此在大学毕业后，梁晓晴决定专职做中老年女装模特。幸运的是，家里人对她的这个决定表示了支持。

随着在这个行业越做越久,梁晓晴也开始钻研如何更贴近中老年女性的神态以及更好地展示服装,她常用的拍摄动作也成了许多妈妈们出去拍照的首选,拍摄的时候,越来越多的人认出了她,"你就是那个拍中老年女装的女生"。

4. 衰老之后,也应该拥有体面

"带货王",是梁晓晴在业界的别称。

第一次穿中老年服装,她身上那件黑色妈妈连衣裙,销量达到惊人的九万件。随后她的名气迅速在业内传开,并拿下了许多订单。12年里,她带火的爆款"妈妈装"数不胜数。

脱下"妈妈装",她又变回那个爱美的小姐姐。身份形象的反差、屡屡爆单的"好运",让外界对梁晓晴充满好奇。因此,梁晓晴受邀参与过央视的综艺拍摄,而各类采访邀请不断。

在做中老年模特"火"了之后,有许多人慕名而来,希望采访梁晓晴以及她背后的故事。提起中老年服装模特这个听上去有些稀奇的职业,人们往往第一反应就是她——"那个特别能摆 pose 的女孩"。

但最让梁晓晴开心的还是一些行业里发生的或明显,或隐秘的变化。她刚入行时中老年女装价格便宜,材质粗糙,设计也很普通,穿上就会隐匿在人群里,但现在中老年服饰流行风向变了,越来越多的妈妈们和奶奶们都不愿意穿太显老的服装,如今服装的色彩和样式都有着年轻化的趋势。

"这说明刻板的女性影响被打破了"。于梁晓晴而言,每个人都会衰老,但衰老之后也应该拥有体面。而她也不再回避"中老年女装模特"的标签,开始在自己的社交平台上展示这份工作背后的故事,以及直面"中老年"这个话题。

就像最开始选择入行一样,看见一部分人的需求,意味着"机会"。2010年时,整个电商行业还在摸索时期,大家对电商保持怀疑的态度,因此行业内缺乏专业模特,尤其是中老年女性模特。而专业的模特不愿意涉足这个领域,才给了梁晓晴"可乘之机"。

正是因为把握住了这个机会,她才赶上了整个电商、中老年女装的风口。她做个人博主也是如此,她发现,社交平台上几乎没有什么关于中老年女性的内容,人们对中老年女性模特也存在着刻板印象,所以她做起了"中老年人"关心的内容。

梁晓晴发现,如今中老年人的审美、消费发生了巨大变化,

"但许多中老年人的需求还没被满足",比如有许多人会给她留言,希望她分享一些"中老年人"的穿着搭配及拍照姿势。在这些声音背后,梁晓晴明显感觉到,"许多女性的需求被压抑",尤其许多女性身材并不是流水线成衣所能概括的,而她们也渴望找到合适的、能展示自己的衣服。也正是这个原因,梁晓晴的双胞胎妹妹也跟着她的脚步入行,做了大码女装模特,因为不向"白幼瘦"以及被定义的美低头,如今也赢来了事业的小高峰。

而在梁晓晴的朋友圈子里,大部分赚到钱的朋友,需要接许多"奇奇怪怪"的拍摄需求,比如青蛙头套、分指袜子……不一而足的审美展示了大众独特的需求。

"在我们这个行业能赚到钱,其实是看见了一群被忽视的人的存在。"

她正闯入世界

▶ 摘下名校光环,逃出体制内,
   一个流浪女歌手"在路上"的 17 年

你留意过城市街头的歌手吗?如果你去西安,也许会碰见这样一个临街而歌的女人:她一头短发,脸庞瘦长,高高的鼻子同样瘦长。她常戴帽子,穿宽大的民族风衣服。唱歌既是她一生所爱,也是她的谋生之道。

为了自由,为了一直高歌,名校毕业的她,放弃国企铁饭碗,做了 17 年流浪歌手。

1. 流浪者之歌

在西安周至,有一条著名的街,临水而建,故名水街。夜晚降

第二章

临的时候尤其繁华，商户众多，小贩们推着热乎乎的小吃，走街串巷。人来人往中，经常会传来一阵歌声。嗓音有点沙哑，但声线温和，转音处理得细腻，一句末了，结尾处时常悠扬。曲调怀旧，像是跨世纪而来，这是香港殿堂级女歌手徐小凤的《风的季节》。这是玲子在唱。

玲子原名马晓玲，是一位流浪歌手，2021年下半年来到西安水街。有只流浪猫，野惯了，不怎么理睬人，但独喜欢玲子。她唱的时候，它就怡然地听，她走了，它静静地站在原地，看她离开，这时玲子心里也生出不舍，一步三回头。玲子介绍它的时候说："别人怎么喂，它都不搭理，但每天准时陪我下播。"

玲子浪漫地觉得，它说不准是自己上辈子的亲人，不然怎么和它聊天的时候，它就能听懂呢？她猜测，也许因为小猫在她身上嗅到了同类的味道——孤单。

做流浪歌手的17年里，玲子一个人去过很多地方。她先是跑到广州，再到佛山，把江浙走了个遍后，又绕去大连，现在辗转到西安。玲子喜欢开车，感觉很自由。大多数地方，她都自己驾车过去，想待多久，就待多久。

玲子一般白天在外唱歌，晚上回车里睡觉，如果在哪个地方长待，她会再租个房间。她的车里放着吉他，直播的支架，随身的衣物，一个充好的移动电源，毯子，还有一口电饭锅。这样，就算路上匆忙，她也能让自己吃上一口热粥。

2."吃百家饭"的人

做流浪歌手的日子里，玲子并非只是在街头卖艺。每到一个新的城市，她都找个需要驻唱歌手的酒吧，赚出吃饭的钱，养活自己。现在有了抖音，她就找个好山好水的地方，摆上手机支架，直播唱歌。她喜欢开了播就唱，《女儿情》《滚滚红尘》《张三的歌》，老歌一首接一首，唱完就下线。

她的直播间人一直不多，十几二十个人，少的时候甚至只有几个人，多数时候打赏个一两元钱，高兴了就刷个贵点的礼物。有人劝她，像那些小姑娘们一样跟观众互动呀。但她还是觉得，向人要礼物这样的话说不出口。玲子说自己是"吃百家饭"的，这些观众守护自己、让自己能生存下去，已经付出很多了。

她对物质要求很低，赚个1000来元，能吃饱，够上路，偶尔在100元钱一晚的民宿落个脚。

第二章

在外飘着,有自由自在的一面,也有危机四伏的一面。前者是令人艳羡的部分,后者则是多数人没法承担的代价。为了让这个代价降低到最小,玲子总结出一套规避危险的方式。要在车上过夜,她就把车停在县人民政府的停车场。驶到荒郊野外,怕遇见歹徒,她会花钱住一晚。酒吧演出结束,她就迅速脱下漂亮的衣服,换上常服。有朋友打趣她:"玲子啊,你在台上光芒万丈,一下台,转身就找不着人了。"有男人想约她喝一杯,或者吃个消夜,她通通拒绝,"不能白天吃吗?"

但偶尔也会遇上防不胜防的意外。玲子随性,不赶时间,喜欢漫游。最近,玲子从停留了大半年的西安离开,来到海口。这儿有她醉心已久的黎族自治区,过来的第一天晚上,她把车开到县政府门口,安心地睡了一觉。采访前一天,她跑去霸王岭玩,没有目的地,一路想停就停,两个小时的行程拉长到近四个小时。意外在这时候发生。

离开霸王岭时,夜幕缓缓降下,车开到一个小村落,她迷路了,正在一头雾水之时,车子又突然熄火,怎么都打不着。她急坏了,立马给当地的朋友打电话,后来是路过的好心人,帮她把车修好,她才开车找到一个安全的地方睡下。即便如此,她也从来没想过回老家,过普通人嘴里的安稳日子。因为她就是从部委属下的国企里"逃"出来的。

3. 过流浪生活

过流浪生活，并非因为别无选择。玲子在20世纪90年代从哈尔滨工业大学毕业，是名副其实的高才生。毕业后，她在位于贵州的某国企基地总部做会计。这是份人人羡慕的工作，只要做下来，总有个光明的前途。

但她却一点都不快乐，甚至感到压抑和苦闷。

出生在重庆，长在遵义，为了考上一个好大学，她每天都逼着自己不停地做题。玲子17岁考上大学，19岁就毕业了，但她总说自己是"学渣"。她读的是不擅长的工科，这不是她的选择，而是为了满足妈妈的期望。玲子的父母都是高知，父亲毕业于重庆大学，母亲在航天站工作，对她也有着严格的要求。学习是压抑的，后来上了班，但工作让她受不了。

过去，玲子有快乐的时候。她喜欢在外面放风玩耍，当时住的院子出门就是山，她总是在山里跑来跑去。春夏她采野花野果、抓小虫子，挖出来野菜的根是甜甜的，很好吃；秋天赏整片的油菜花田；冬天来了，就把树枝上的冰溜子掰下来，咬在嘴里，嘎嘣脆。

工作后，每当觉得城市生活苦闷，她就去逛哈尔滨的植物和动物园。看树木枯荣和动物纯净的眼睛,总会让她放松。另一个解压的方式,就是唱歌。只要一开嗓,什么烦恼她都能抛在脑后。这种热爱是从很小时候开始的。

那时玲子一家人住在大院里,院子里人们关系单纯,邻居走得近,她看见谁都叫一声叔叔阿姨。茶余饭后大人们叫小姑娘表演节目,她站起来就唱,一点也不羞涩。以至于多年以后有人想起来,还会说上一句:"玲子,就是为唱歌而生的。"

工作,玲子做得越来越痛苦,她索性跟妈妈说了想远行的计划。父亲坚决不同意,妈妈却二话没说,出去买了一个行李箱拎回来。这种支持成了玲子在外行走的最大动力。于是,她一个人来到广州。

4. 无论如何,也要唱

在广州还没安定下来,玲子就遇到一场变故。一天,她如常走在街上,不知道从哪里来了一辆摩托车。车速极快,她还没意识到危险来临,就被撞倒在地上,车上的人伸手抢她的包,失去意识的她忘了撒手,包拖着她,直拖了好几米。等到再醒过来的时候,她已经在医院了,浑身是血,胳臂被摔骨折,疼痛铺天盖地地袭来。

想到接下来没钱付医药费,她心里就更委屈了,她号啕大哭,哭到最后隐形眼镜都不知道掉在哪儿了。本来报喜不报忧的她,只能打电话给妈妈。母亲来的第一件事,也是喊着"宝宝"大哭一场。心疼完之后,就照顾她吃饭起居,排队拿药。

等到伤情好一点了,玲子就哄妈妈回去。母亲反过来劝她走:"你看你在外面多苦啊,手还摔断了。"玲子嘴上迎合着,心里想的却是,"这么点小挫折就害怕,人生还怎么往下走?"

她没跟妈妈讲:因为手断了,刚住院之后老板就把她开除,拿不到工资,她没有办法交房租,接下来的日子,马上就要流落街头。妈妈知道劝不动她,一个人走了。玲子立马办理出院,因为多一天的住院费都付不起。

她打电话给当地的朋友,朋友告诉她,住的地方倒有,但要看你能不能将就。玲子卷着铺盖,住到了朋友的住处——工地临时搭的棚子里。地上铺个床垫,人就睡在上面,有时候深夜,能听到老鼠围在身旁窜来窜去。她一边休养一边找工作,从广州换到贵阳。

这场变故,也带来一个机会——她终于可以做自己热爱的事情,唱歌。为了能靠唱歌赚钱,玲子苦练吉他,最穷的时候也绝不跟父母开口,一天只吃两个馒头。直到有一次,找到一家需要歌手的西餐厅。老板告诉她，弹 40 分钟吉他，给 15 元钱，管一顿饭。

第一次演出的玲子紧张坏了，把和弦死死地按住，撑了 40 分钟。唱歌的时候，她看着台下的观众在认真倾听，她终于确定，自己这辈子就干这事了。

5."没有伴就不看花了？"

把唱歌当作事业后，玲子参加过"好声音"比赛，也逐渐在小圈子里有了点名气。但这并不是一件仅仅靠努力和些许天赋就能出头的事。直到现在，她仍旧没有闯出头，只能过着常人眼里"朝不保夕"的生活。

十几年过去，曾经一起长大的两位发小，一个在南京当上了财务总监，一个在海南开了自己的律师事务所。她们有时候会口头批评一下玲子："你啊，笨。"或表示对她的处境感到心疼，但从未指责过她这样唱歌是不对的。

不过，也有朋友好心地"吓唬"她，你最好找个伴，不然老了死在屋里都要几天才有人知道。玲子知道她们的良苦用心，她们每个人都过得比玲子好，玲子也发自内心的为她们开心。但她还是觉得，现在选择单身的女孩很多，大家老年做个邻居能互相照拂，没什么好恐慌的。"难道没有伴就不看花了？不听风声了？不看书唱歌了？"

尽管流浪唱歌的生活让玲子享受其中，她也有方法化解危险，但总归有一些遗憾是无法避免的。没能多陪母亲，是她最大的遗憾。母亲总是温柔地支持、陪伴着她的那一个。

四处流浪唱歌后，父亲一直不赞成她的选择，母亲却始终关心着她。几年前，她和母亲展开一次敞开心扉的谈话。母亲第一次知道她在外面受过那么多苦，自责地哭了。她一个劲儿地说："要是早让你学音乐就好了，是妈妈干预了你太多人生。"玲子安慰道："一切都是定好的，读了大学之后才变成现在的我，这样才是你喜欢的宝贝啊。"

几年前的一天，玲子和妈妈打电话，突然觉得对面的声音不对劲儿。她再三询问，才知道妈妈腰很痛，她把妈妈从遵义接到广东，陪在她的身边，就在病马上要治好的时候。一天，母亲下楼，突发的肺栓塞，让她轰然倒下，这一倒，就再也没有起来。玲子日夜陪伴照顾了母亲 40 天，母亲还是在最后的时候看着心爱的女儿，闭上了双眼。

第二章

过去没给母亲留下太多影像,玲子感到很懊悔。

童年和妈妈一起坐车,玲子总是在车上打瞌睡,妈妈就晃着她的肩膀让她看:"那朵花好美,这棵树好可爱。"有时候实在晕车,一觉醒来,已经到达目的地,母亲就会笑着跟她说:"你不知道错过了多少风景呢!"玲子现在时常想:"要是带着老太太一起开车旅游,听我唱歌,她该多幸福?"妈妈错过了多少风景啊。

这个遗憾逐渐把玲子打垮。曾经有一段时间,她甚至觉得自己再活下去没有任何意义,产生了轻生的念头。身边的人让她 24 小时把手机开着,只为了随时能找到她。

后来是朋友的一句话把她点醒,"你总想你妈妈还活着,但你怎么知道,对当时已经重病的妈妈来说,即使醒来也是瘫痪,她想不拖累你呢?"想通了的玲子,现在只想"对得起(妈妈)给自己的这条命",好好活下去。

6. 在路上

流浪的日子里,玲子形单影只,孤单却不孤独。一面之缘,三两好友,总是悄然而至。在西安过中秋节,朋友给她留了月饼和桂花酒，她觉得心里暖暖的。街头表演的时候，一位捡瓶子的阿姨，掏出一元钱放进她的纸袋，坐在一旁的石凳上，静静听她歌唱。直播间出现几个熟悉的头像，她觉得亲切，仿佛见了老友。

天南地北地跑，碰巧遇上旧时老友，玲子就和她们短暂一聚。前不久，她从西安来到人生地不熟的海口，驱车到人民政府的广场，安置好凳子、吉他和手机，打算唱一会儿歌。慢慢有一些人围过来，又散去。唱了一段时间，就在玲子收东西准备离开的时候，一个小姑娘走了过来。

她漂亮可爱，是本地的黎族人，笑起来眼睛弯着，问玲子："你一个人啊？"

"是啊。"玲子干脆地回答她。

"那我请你吃饭吧！"

这是玲子没想到的，她立马拒绝对方，因为女孩压根儿没听到她的歌声。但女孩执意邀请，她最终还是去了。她请了玲子吃当地特色的粥，两个人有说有笑。"不要拒绝每一个相遇，一切都是最好的安排"，她感觉自己内心其实是个很浪漫的人。

第二章

曾经有小姑娘找到玲子,告诉她,"姐姐我好羡慕你,能像你一样就好了。"玲子赶忙提醒女孩,"你不要跟我学,做自己喜欢的事才好,而有稳定的工作也更好,当然最重要的是自己想做什么。"

这次来海口,她没开自己的车,朋友毫不犹豫地把车借给她。一次开车到海边,玲子突然看到沙石中间长着一棵小树。它倔强地奋力向上,玲子觉得这很像她,于是她停下来,走到树旁,"咔嚓"留下一张照片。

很快,她又要再次上路,回到西安。哪怕有那么多阻力、遗憾和不看好,玲子还是要在路上。哪怕流浪的自由,在外人看来是向下的坠落,玲子也要在路上。就像杰克·凯鲁亚克在《在路上》写到的那样:"我们还有更长的路要走。不过没关系,道路就是生活。"

第三章

她正闯入世界

她正闯入世界

▶ 对不起,当代女喜剧人,不扮丑

你愿意做一个引人发笑的女孩吗?相信大多数人的回答都是否定的。因为在不少人的固有印象里,搞笑和哗众取宠画等号。形容被"搞笑"的女孩,背后的隐喻很可能是——她不漂亮、不正经、不受异性欢迎。

反之,当一个女人决定去搞笑,成为一位喜剧人,她最先顾虑的居然会是——自己会不会因为漂亮,而让观众笑不出来?

在脱口秀圈子里甚至有这样一条鄙视链,亚洲人没有西方人有幽默感,而女人又不如男人有幽默感。如果你是一个中国女人,想要在喜剧行业闯荡,更是难上加难。但是目前在脱口秀这个男性居多的行业,有这样一个罕见的女孩,她身材高挑、脸蛋漂亮,同行谈起她来直竖大拇指,观众看见她就想发笑。

如果你经常在北京听脱口秀,那你对她的名字一定不陌生,她叫小雪。人们称她为"中国的麦瑟尔夫人"。

1. 讲"一地鸡毛"的女喜剧人

喜剧舞台上的女性,个个有自己的独门绝技。提起满口"大碴子"味的东北农妇,你就能想到宋丹丹;提起港片里那个总是被抛弃又有点笨拙的痴女,你会想起吴君如;提起"男人那么普通,却那么自信"这样有点调皮的性别玩笑,你必然会对应上"杨笠博士";提起总是"丧着"一张脸、只想躺平的名校生,你的记忆会立即指向李雪琴。

但到了小雪这儿,你似乎很难概括出她有什么极为突出的标签。她经常眯着弯弯的眼睛,玩笑中还带着一些来自女性视角的特有温柔。正是这样的她,在线下的表演中非常受欢迎。

"你们知道有人说男女之间最合适的身高差是多少吗?12厘米。巧了,我跟我老公刚好是这个数字。没错,我170,他158。"此时,小雪就站在舞台上,一束灯光追着她。她随意走动着，感受宽敞舞台带来的自由。这是一个非常"小雪"的典型段子，调侃她和爱人之间的互动。

底下坐着 800 位观众，现在都被她牵动着神经。今天的脱口秀剧场有点大，大到有些让她看不清每一个观众的脸。但好在她能听到一个最真实的反馈——笑声。

在观众的笑声还未收尽的时候，她紧接着又甩出个包袱："但大家都知道啊，男人有再多的缺点和不足，你都不要当众揭他的短儿。有一次我真跟我老公生气了，指着他骂了一句：瞧你那小个儿！这回我老公可真急了！当时就薅着我的脖领子，在我怀里哭了好久……"

观众又笑了，笑声中还掺杂着掌声和欢呼声。小雪永远爱讲，也永远有的讲。她喜欢挖掘生活中的小事，做段子的素材。尤其家长里短，在她看来一直都有迷人的魅力。脱口秀就是一个把沙砾磨成珍珠的过程。

2020 年，她开了第二个个人脱口秀专场，这也是首次有中国女性脱口秀演员开启的巡回专场表演，她把名字取为"一地鸡毛"。在她看来，生活就像一地鸡毛，是堆砌在一起的小事合集，虽然没有惊天动地，但也如此生动迷人，总能在不经意处给你惊喜。

而就算生活只是一地鸡毛,谁说你不能在里面找出两朵花来?

2."天生的脱口秀演员"

"她是天生的脱口秀演员"。一个同为脱口秀表演者的男演员评价道。提起小雪,他难掩自己的敬佩之心,他毫不犹豫地重复了两次:"厉害,雪姐真是太厉害了。"

他至少看过三次小雪的表演,没有一次有重复的段子。在他看来,一个厉害的脱口秀演员,永远能快速知道观众的笑点在哪里,然后密集地爆梗。

这种幽默的天赋由来已久。从小,小雪就有北京孩子自带的喜感,从来没有过什么发愁的事,跟谁都能逗趣聊天、谈天说地。阳光洒向胡同的时候,她会追着光在其间奔跑穿行。

而在正式成为脱口秀演员之前,她是北京电视台的主持人。她的外形端庄,长着一张典型的大女主脸,1.7米的个头在人群中十分出挑。电视台主持人是一份人人羡慕的工作,光鲜亮丽,体面,有名气,还是个"铁饭碗"。

她正闯入世界

2014 年，小雪第一次听到脱口秀，就被这种形式吸引了，看着台上的人自由讲段子，她在心里琢磨："这不应是我的日常吗？"从这时起，她走上了脱口秀的舞台。

这种 18 世纪起源于英国、20 世纪兴于美国的即兴喜剧表演，此时正逐渐在国内年轻人中有了市场。

在美国，脱口秀火是"线上带动线下"的模式，《大卫深夜脱口秀》《奥普拉秀》《柯南秀》等电视节目走红后，线下酒吧、咖啡厅等共享空间里，说段子的脱口秀演员多了起来。国内的脱口秀行业发展也是类似，2017 年，《脱口秀大会》播出后的 4 年时间，脱口秀迅速蹿红，成为很多年轻人生活中必不可少的一部分。

对于小雪来说，第一次讲脱口秀，并不是多大的挑战。有多年场上经验的她，不怯场、能镇住场，吐字清晰、字正腔圆。脱口秀和主持都是站在舞台上表达，相同的是，两者都是运用语言在观众中达到某种反应效果。不同的是，作为主持人，有时候你往往不是主角，需要既起到把控全场的作用，又能隐在主要嘉宾的光环之外。但当你讲起脱口秀，你就是这个场子的绝对中心，气氛担当。这种主持经验让小雪轻松掌握了如何在无形之中调控观众情绪的技巧。

在走上脱口秀舞台的时候，她更能清楚地明白什么时候该

"挠"观众的"痒痒",只要她想,每隔几十秒就能让观众爆笑一次。

还记得第一次说脱口秀的时候,她还单身,自己的第一个段子是调侃相亲的。当场效果就很好,讲脱口秀对她来说是如此流畅的一件事,即使是刚接触这个舞台,她也很少紧张。她只是愉快地讲完段子,然后心满意足地走下舞台,和往常一样回家,"该干吗干吗去"。

在开放麦讲了一段时间的脱口秀后,小雪发现自己越来越享受这件事了。

3. 上场前,别让自己太漂亮

刚入行的时候,每当上台之前,小雪都会做一件事——把头发扎起来。然后套上宽松的T恤和裤子,完成今天的舞台装扮。这和她做主持人的样子截然不同,如果今天是主持一场活动,那么她会长发垂肩,穿着丝绒曳地礼服、高跟鞋,在聚光灯下闪闪发光。她那时候总会在心里反复掂量,太漂亮是不是影响喜剧效果?因为这多少会引起观众注意力的转移。

她正闯入世界

2014年，小雪去天津表演脱口秀，那是脱口秀刚刚兴起的时候，行业相对冷清，在她讲出一个又一个精彩的段子之后，场子里还是静得连一根针掉在地上都能听得见。那场演出结束，返回北京的时候，天色已经沉沉地黑了下来，车开过安河桥，看着窗外匆匆的行人和闪烁的灯光，她没忍住，掉下了两滴眼泪。这是她脱口秀生涯为数不多的至暗时刻，对于这样苦闷的瞬间，她不愿意过多提及。

事实也证明，这样一个小小的打击，并没有成为她脱口秀生涯一个停顿的节点，反而在此之后，她走得更远了，表演得更好了。

在传统认知中，男性似乎更拥有引人发笑的能力。漂亮的女性，是该被取悦的，而不是扮丑、搞笑，去取悦别人的。对于男喜剧人来说，他们可以更奔放、更狂野，可以在台上讲无伤大雅的"段子"，也可以偶尔不经意地"爆粗"，还可以时不时来个搞笑模仿。而女性在舞台上则是拘谨的和内敛的，更会被观众从不同角度观看。

2017年美剧《了不起的麦瑟尔夫人》打破了这种认知。这部电视剧讲述了一个家庭主妇从原有的完美妻子角色中跳出，蜕变为脱口秀演员的故事，被视为20世纪50年代女性觉醒的缩影。麦瑟尔夫人拥有姣好的面容和身材，从小被教导如何做一个体面的女孩,她的外形优雅漂亮,和大家认知上"扮丑"式的女性搞笑角色完全不同。

小雪无论在外形还是家庭角色上,和麦瑟尔夫人有着不少相似之处。但她又不完全是麦瑟尔夫人——那个一手夹着烟、一手拎着啤酒瓶,说着脏话逗观众,笑话中还带着点刺的女人。

麦瑟尔夫人的原型,著名的美国女脱口秀演员琼·里弗斯,是一个风格辛辣、百无禁忌的女人。

但小雪却不同。她揶揄,逗乐,玩笑里带点温暖。熟悉脱口秀的观众,都知道有这么一句话——"脱口秀的本质就是冒犯"。小雪却努力奉行"纤毫无犯"的快乐哲学。

"相对比'绝对优秀',我其实更乐意做一个'中不溜的人',生活对我挺仗义,没给我太大的坎坷。一个中不溜的人,有中不溜的能力,现在也走到了中不溜的年纪,我想和每个生活中的路人甲都握个手,因为我就是那个路人乙。"小雪说。

2020 年是中国女脱口秀演员的元年,这一年,杨笠、李雪琴逐渐走进观众视野。在这个大多数是男性在"说"的行业,越来越多的女孩站出来,大方的讲出自己的快乐、悲伤、无奈、窘迫。女孩们已经不再是被多年来教导的顺驯和沉默，她们不光有思想，更不惧站出来，大声地"说"、精彩地"说"。

身处这个声量日益壮大的群体中，小雪既是"北京的麦瑟尔夫人"，更是她自己。

4. 传递真实的快乐

采访小雪的时候，我问出了一个一直困扰我的问题："做喜剧的人，是真的快乐吗？"前有喜剧大师金凯瑞被爆抑郁，后有李雪琴拍《男人装》"内卷"得像极了打工人。制造快乐之人并不快乐，像是一个讽刺的黑暗童话，不动声色的用事实描述着成人世界的另一面。

小雪听到这个问题笑了笑："也许大师们有他们高处不胜寒的苦恼，但我们大部分行业从业者还是快乐的，如果自己不快乐，怎么能带给观众快乐？"追寻和传递真实的快乐，是她表演的基础底色。

但生活不是写好的剧本，她也面临过困顿。在电视台工作那几年，她发现工作带来幸福之余，也让她紧张兴奋，最明显的体现

第三章

是，自己的睡眠开始丢失了。当世界沉眠于黑暗时，她开始陷入思索："如何在现有的工作中做得再好一些、更好一些？"

这种对更好的追逐像是跑一场没有终点的马拉松，在未到终点之时总会不可避免的焦灼。她在内心深处叩问——"你还能朝九晚五地拼多久？"

困惑的时候，旅行给了她很多抚慰。小雪带着母亲，一起穿越藏区，克服不间断出现的高反，和已经断电几天的基础设施。相对于大城市，这里的环境有些恶劣，但她却乐在其中。那里有广博的天地，不停轮换的日升月落，触手可及的星辰。

一天，太阳炙烤着干燥的大地，所见之处都是苍茫的黄色。她穿着明亮的衣服，登上仅容一人站立的峭壁。烈日刺眼，她紧贴着山体，眯着弯弯的眼睛望向摄像头，把笑容定格。

等从高山返还，她又冲向碧海蓝天的怀抱，让海风吹拂长发和裙角。后来她漫步在日本的街头，在这次的旅行中，她遇到一位独自环游全球的老人，几句短暂的交谈后，她被他的一句话震动了。他说："多走多看，才不算白活。"

她反复琢磨这句话的意思，回到北京，做出了一个超出所有人意料的决定,把一封辞职信发到了领导那儿。

所有人都在追问为什么,小雪的答案却很简单,她知道,真实的快乐,才更有震撼力。她只是想更近距离触摸生活的纹理,感受平凡的快乐。

5. "一地鸡毛"里,开出了珍贵的花

2017年,女儿出生了。这是小雪"一地鸡毛"的生活中,盛开的最珍贵的一朵花。

她会尽力让女儿看自己的每一场脱口秀,看女儿在舞台上下奔跑,和年轻的演员玩耍。女儿蹦蹦跳跳,穿过舞台上耀眼的灯光,就像年幼的她穿过阳光普照的胡同,她们一样的简单快乐、自在如风。

她时常觉得自己的快乐继承于母亲,现在快乐的接力棒又传到了她的女儿手上。她陪伴女儿的成长:"你和她一起玩,成天黏在一起,你的人生从此多了一个最铁的哥们。"

当母亲是个与众不同的体验,而当女孩的母亲,让她多了一个

看待世界的全新视角。一次脱口秀舞台上，密集的爆笑段子之后，她微微低头，略一沉吟，面容少见的严肃起来，开始和大家聊起儿童性教育的问题。

"避免儿童性侵，最重要的是在教育中就普及性知识，而不是大多数学校奉行的一带而过，只有让儿童有性别意识，他们才在面临危险的时候，知道问题的尺度，态度鲜明地保护自己。"

一席话后掌声雷动，母亲的身份带给她对社会的再反思，和作为一个女性公共发言人的责任感，这既细心，又伟大。

此时，她的肚子里又有了一个小生命，她又多了一份珍贵的快乐，一朵美丽的花。这个还未出生的宝贝和大女儿一样活泼好动，这可让她吃了些甜蜜的苦头，不过也让她更加能够感受到作为母亲的幸福。

舞台的灯光打下来，小雪又要开场了，灯光下的她是一个人，但只有她自己知道，此刻又多了一个安心的陪伴。她拿起话筒的时候，感觉浑身充满了力量。

她正闯入世界

▶ 翻遍全国50个城市1000个女孩的"衣柜"后,她发现:原来我们都"病得不轻"

这是一个不缺冲动的消费世界。

时尚博主们展示着最新的流行趋势,一篇又一篇的"种草"笔记铺满互联网,芭蕾风、美式校园、辣妹装……仿佛不更新衣柜,一个女孩就没办法出门。在一阵疯狂购物后,衣柜里塞满了穿不完的新衣,甚至来不及摘掉吊牌。要么在角落里堆成小山,难见天日;要么在清理衣柜的时候,被打包扔掉了。也许你不是一个购物狂,但翻一翻你的衣柜,里面到底有多少件衣服,哪些是你真正经常在穿的?

"肤浅的江江"把这种情况称之为"衣服暴食症",一种很多人共通的顽疾。她是一个不同寻常的时尚博主,已经4年没有买过任何一件新衣服了。虽然教穿搭，但她用的都是别人的二手衣服。不仅如此，她还常常在视频里劝大家"少买点"，别被一时冲动掏空了钱包；短暂、即时的购物快乐叠加起来，会变成衣橱爆炸的负担。

在这样一个购买和生产都如此旺盛的世界里，为什么江江偏要出来唱反调？做一个捡二手衣服穿的人，她真的会更快乐吗？

1. 城市衣柜地图

"肤浅的江江"本名叫姜宇，是个 41 岁的湖南姑娘，工作室在北京朝阳区青年路附近。

刚走进她的工作室，我就先被门口堆了五层货架的快递包吓了一跳。这并不是她买的新衣服，而是她的粉丝们从全国各地寄来的二手衣物。

姜宇建立了个"社区"，想让女孩们把自己的闲置二手衣服流动起来。规则很简单，在社区里发帖子免费赠送自己的闲置衣物，有看上的可以评论留言，支付邮费即可领走。然而，有些女孩不方便一个一个发帖，便全都寄给姜宇。

姜宇会将那些衣物用来做二手衣服的开箱视频,同时用各种各样的旧衣服搭配出不同的风格。她称自己为"城市'衣柜'的拾荒人"。只是收到的衣服太多,姜宇忙不过来,只好从三个月前就停止了接收包裹,然而快递还是堆成了山。如今,姜宇经手的二手衣服已经达到了上万件。

收到的衣服多了,姜宇发现,每个城市的"衣柜"都有着明显的地域特色。她总结出一套"城市衣柜地图":北京和上海的女孩,风格更大胆,十件里面有六七件都是快时尚品牌,比如优衣库、forever 21 和 GAP。但同样是一线城市,广州和深圳的包裹里没有那么多国际时尚品牌,衣服价格普遍更便宜一些。来自苏浙沪的衣服确实款式新潮,面料也更好。东北运动服最多,而我们印象里遍地是风沙与牛羊的内蒙古,衣服却极其考究,面料通常是毛呢或羊绒。

但不管是北上广还是边陲小城,女孩们寄来的旧衣服都有着共同的特点——款式很潮流,有的甚至还崭新。而且,数量极其多。在姜宇看来,这是患有"衣服暴食症"的症状。

2."衣服暴食症"

穿上一件衣服时,感觉挺舒适。穿上第二件时,感觉很温暖。

第三章

穿上第五件的时候,感觉身体有些紧绷,哪怕这些都是宽松的衣物。穿上第十件身体就有些憋得慌……当姜宇穿上第一百件衣服的时候,衣服已经将她压垮了,她动也不能动,整个人埋在五颜六色的衣服之下,看起来就像一个废弃场。

这场行为艺术被镜头记录下来,姜宇给这组照片取名为"衣服暴食症"。

百科对于暴食症的定义是:"患者在暴食后虽暂时得到满足,但随之而来的负罪感又促使其清除已经吃进的食物。"患有"衣服暴食症"的人也是如此。他们在购买衣服的过程中获得短暂的快感,事后又不知道该如何处理这些从未穿过的"旧衣服"。

换季了?要买新衣服。打折了?要买新衣服。旅行之前要买新衣服,而一旦这件衣服出镜过了,就已经变旧,又需要新衣服来填充。

姜宇曾经也是一个患有"衣服暴食症"的女孩。曾经的她身处公关行业,出差时一天要在箱子里塞进20件衣服,才能应付不同的社交场合,因此姜宇的衣服越买越多。她一开始并没有意识到什么不对。直到某一天清理衣柜,足足翻出100件连吊牌都没有拆的衣服,而姜宇甚至不记得它们是什么时候被放到衣柜里去的。

"这太夸张了。我只好整理一堆（没怎么穿过的）旧衣服，不好意思扔到小区垃圾站，只能放在楼道里，希望有人把它们捡走。如果有人捡走了，自己就会觉得心安一点。"姜宇回忆起那段时间说道。

此时，她正坐在一张小办公桌旁边，穿着普通的衬衫与黑裤子，旁边堆满了粉丝寄来的二手衣服。姜宇一边为我展示这些五颜六色的二手衣服，一边感慨着："这衣服挺好的呀，为什么就不要了呢？"这几乎是姜宇每一期视频的固定台词。

也难怪姜宇发出感慨，在见到被丢弃的衣服后，我竟然也脱口而出："这衣服哪里不好？"一件浅蓝色的小香风外套，衣服本身没有任何磨损的痕迹，颜色鲜亮，布料干净，简单搭配上内搭和项链，就是一身适合初秋的清新装扮。但它却是万千被抛弃的衣服中的一件，它们将会成为垃圾，被焚烧，被填埋，再被重新制造出来。

3. 戒断买新衣服

发生了100件未摘吊牌的衣服事件过后，姜宇开始反思，我们和衣服的关系究竟是什么？我们一定要穿新衣服吗？

第三章

于是,姜宇决定做个"戒断买新衣服"的实验,从捡别人的二手衣服开始。她向 20 个朋友要来他们不穿的旧衣服,没想到数量居然有 100 多件。第一次穿上别人穿过的衣服,总是会有些心理障碍的。毕竟自己工作收入体面,也不是要捡别人穿过衣服的人,而一想到这件衣服或许曾经被人贴身穿过,会不可避免地有些嫌弃。

姜宇也有这些想法。但她总结出一套克服障碍的方式,从罩在身上的外套开始,慢慢过渡到贴身衣物,"最重要的是衣服好看"。姜宇说:"到后来,你能从这件事中获得一种价值感,穿二手衣也就成为一件习以为常的事情了。"

这种价值感,在 2017 年有了一种具体的呈现方式。

坚持穿二手衣一年后,姜宇决定在网上发布一篇帖子——她要众筹"二手衣服"去旅行,希望大家把不要的闲置衣物寄给自己,她负责把它们搭配好,拍出好看的照片。

让姜宇惊讶的是,响应的女孩意外的多,刚抵达深圳希尔顿酒店的时候,就发现前台放着几大包衣物,一共有 70 多件,前台工作人员都惊讶地问她:"你怎么会有这么多快递?"后来姜宇在香港玩了差不多 5 天,每天都会换上不同的衣服,充分满足旅拍的需求。

123

姜宇事后反思："旅行到底是为了什么？难道不就是发现好看的风景吗？如果是为了衣服、为了拍照片去旅行，你就干脆在家找一个影楼算了。"旅行结束后，姜宇把这些衣服再次送了出去。

但女孩们爱上了给她寄衣服，她们也希望自己那些不见天日的衣服，可以在另一个人身上获得第二次生命。就这样，一个大家互换闲置衣物的小平台开始成形。

4. "看着旧衣服穿在别人身上，有种嫁女儿的幸福"

一开始大家是在 QQ 群里互换闲置衣服，但群里的安全性不高，也容易混乱，后来姜宇干脆做了个 App，名为"发光公社"。有位"发光公社"的用户告诉我，"发光公社"里的女孩对于闲置衣物交换的认真程度，让她在初次使用时感到特别惊讶。

她之前也用过其他二手平台，即便顶着一个不能再低的标价，买家也把她当作 24 小时值班客服一样进行信息轰炸，讨价还价，让她不胜其扰。在"发光公社"，她决定送出一件羊毛格子西装，是前一年沉迷"英伦学院"风格穿搭时购入的，并不适合自己，基本没有穿过。

第三章

帖子发布没多久,想要这件衣服的女孩们自觉礼貌地排起了队,并列出自己的身高体重、职业、穿衣风格。

她选中的受赠对象是位学生,这位学生写给她一段话里,最打动她的是这句:"我一定会好好穿,让它在我这里发光。"这个女孩收到西装后,还给她发了一张自己上身的照片,看起来文艺随性,是个匹配度很高的主人。

在姜宇看来,"发光公社"最重要的一个版块是"领了要晒"。女孩们收到别人的衣服后,要发帖子晒出来,最后要穿在身上拍照晒出来。"我每次看到她们穿上身的图片,衣服发着光的样子,真是比我自己买来穿在身上还开心。"

姜宇打开"发光公社",兴奋地为我展示版块里女孩们发的帖子:"我感觉我在挑选赠送对象的时候,就有一种嫁女儿的心态。当看到她被人喜欢,被穿得很好看时,就是一个找对了姑爷的心情。"

姜宇也会把自己的旧衣服送人。曾经有一件价格不菲的红色长款羽绒服,在她的衣柜里悄悄放了两年。送出去后,看到有个姑娘把它穿得很好看,姜宇也获得了一份满足感:"这证明了我眼光不错。"

她正闯入世界

5. 太平洋海底的一只塑料袋，和我有什么关系呢？

更多还未尝试穿送二手衣服的女孩，在试着用姜宇的视频戒断自己的"衣服暴食症"。在视频里，姜宇将粉丝寄来的大包衣服拆开，齐腰高、鼓鼓囊囊的袋子开口，倾吐出颜色材质各异的衣物，堆积成一座座小山。

姜宇一件件拣出来展示：这座小山全是质感差、款式老气的衣服，除了价格低廉，别无优势；那座小山恰恰相反，崭新又时髦。它们的共同特点就是巨多，和等着被丢弃的命运。

姜宇还记得经常会有粉丝给她留言，说自己最近三个月一共买了 1000 件衣服。

更可怕的是，很多人和她进行话题互动，都纷纷表示自己也是如此。

过度消费之下，一丝即时的、浅薄的快乐都不再产生，只剩下强迫性的上瘾，将生活和房间全都撑得凌乱无序。

我有位同事也曾是"衣服暴食症"的患者，而且还囤积上瘾。去年过年，她和老公清理出一大堆旧衣服、毛绒玩具。她老公觉得这些东西用不到，还占据屋子的空间，想让她扔掉，但她却不肯，两人因此大吵一架。

最后她老公干脆租了一个20多平方米的仓库，将这些东西通通扔了进去，还家里一个清净。租了一段时间后，这个同事猛然发现，这个仓库的月租金是700元，一共租了10个月，如果把这笔钱省下来多好？

在姜宇看来，买衣服这件事情，重点不在衣服，而在"买"这个行为："尤其在网购兴起之后，你面前就是一个数字，而当快递到手之后，你也没有了以前去（商场）买衣服时，摸一摸、试一试的快乐。

"所以你不停地点击下单、签收、再下单，这样重复行为。（购买）动作越来越小、越来越容易，你获得快乐的刺激也越来越频繁，于是你就不停地买。"

对症"衣服暴食"，姜宇给出了自己的"治疗建议"：

（1）将你购买衣服的单价提高到10倍。

（2）尽量使用现金购买。

"那已经买到手的衣服怎么办呢？""秋冬来了，衣柜也要进行一番清理。此前不知道'发光公社'，我只好把几大袋衣服放进了小区楼下的爱心回收箱，期望这些旧衣服能送给山区的孩子，也能多减轻一些我对于浪费的负罪感。"一位女孩留言说。

然而这些衣服真的能送到山区吗？姜宇对此不以为然："你想想山区的孩子真的会要你的小吊带、露背装和低腰裤吗？"全中国每年扔掉的废旧纺织品，在前两年还是2600万吨。然而，去年姜宇看到有媒体已经将这个数据更新为5000万吨了。

目前全球范围内，服装污染是第二大污染源。预计到2030年，服装就会超过石油，成为全球污染的最大元凶。"环境污染在服装层面上有两个方面，一个是生产，还有一个就是降解。"姜宇扯了扯自己的黑裤子："我这条裤子就是聚酯纤维的，其实聚酯纤维跟塑料袋是一样的成分，也是石油的边角料。因为它的生产成本比较低，所以就被大量生产出来，但降解方面上是和塑料袋一样的。一件聚酯纤维的衣服，在自然环境中需要四五百年才能降解，只能靠光来分解。所以为什么一万年的深海，生物很少，却还有塑料袋，就是因为那里没有光，塑料袋根本无法被降解。"

我试着去思考一万米深海中的一只塑料袋，但此时手机一震，银行提示我快到还信用卡的日子了。"可是深海里的一只塑料袋和我们的生活有什么关系呢?"我问。"其实我们把自己和其他普通人的生活关联在一起就可以了,我的一件旧衣服能让另外一个女孩喜欢,其实并不需要过多了解它的高深意义,只要加入环保的队伍中,其实就是很快乐的。"

在姜宇眼里,宏大的命题不是高悬在生活之上,而是化作一件件小事降落,成为每个人简单的行动。

她正闯入世界

▶ "身上肉越多，我觉得自己越性感"

成为一个"金刚芭比"，是种怎样的体验?

答案是，很糟，又很棒。

如果这个女孩不仅有肌肉，这身腱子肉还发达到能当健美冠军，那么她大概率会收到以下评价："练得跟男的一样啊？""这肯定嫁不出去了。""看上去太恐怖了！"……

女孩多少因为身材活得有点累。太瘦是"排骨精"、纸片人；胖点就要收到"坦克警告"；看似最受欢迎的微胖像是玄学，永远落在前凸后翘的完美身材上。

第三章

"金刚芭比"们则有点特别。她们的累,主要累在辛辛苦苦练出这一身肌肉。别人的评价,并不能影响她们的自信和骄傲。"健美冠军"萧十七就是这样一位肌肉女孩。

作为"金刚芭比",又有怎样的快乐和忧愁呢?

1. 成为健美冠军

掌声落幕,但世界还在眩晕。

2018年8月,萧十七第一次参加健美比赛,就拿到了小组赛的冠军。所有人都在为萧十七祝福、鼓掌,丝毫没有意识到台上的女孩已经激动到愣在原地。时间往前推移三个月,在三亚,国际健美联合会(IFBB)的职业积分赛上,萧十七第一次近距离看到了健美比赛。

台上的女孩子穿着镶满水钻的红色比基尼,全身上下喷着棕色的油彩,肌肉线条清晰可见。随着一曲音乐律动,长发与肌肉缠绕交织,大块、饱满、拉丝的肌肉呈现了力量的美感。

萧十七一下子就陷了进去。健身快5年的她,第一次意识到原

她正闯入世界

来肌肉并不只代表力量，还可以具有美感，就像希腊神话中的维纳斯雕像那样。她也想成为她们，在舞台上尽情展示自己的身体。

那时的萧十七不仅每天都有健身的习惯，还做健身直播，体脂率常年保持在20%以下，在生活中，这是毋庸置疑的好身材。但健美比赛的强度，要远远大于平时的训练。

现在的萧十七，已经参加过十多次健美比赛，拿下了许多大大小小的奖牌。但她永远记得，第一次健美比赛的备赛过程有多苦。

因为是初次，她特别较劲，专门找了老师做饮食计划，一颗花生都不敢多往嘴里塞。最难的时候，她做梦都梦到自己在吃巧克力之类的零食，但醒来还得继续按照食谱日复一日地吃那些清汤寡水。

付出的每一分努力都体现在她的身体上。

2018年8月4日，本来准备参加完第一天初赛就回家的她，却意外接到了晋级的通知。她慌慌忙忙地退了高铁票，继续准备第二天的比赛，没想竟然拿到了组别的冠军。

一次偶然的选择，一次咬牙的坚持，一个意料之外的冠军。

将萧十七的人生分割为两个部分,普通女孩萧十七和金刚芭比萧十七。不露出肌肉,萧十七看起来就是个长得有点好看的普通姑娘。但在比赛中,她却像个女战士,肌肉像铠甲般包裹着她的身体。

2. 从一字眉到一字肩

萧十七自己也没有想到,那个曾经画着一字眉,打扮"韩风"的自己,在健身馆"瞎练",竟一路拿到健美比赛的冠军。

萧十七出生在湖南长沙,从小父母在广东做生意,所以一直在长沙和广州这两个城市生活。萧十七的妈妈从小就像白雪公主一样打扮她,也希望她的未来像公主一样,在爸妈的羽翼下,她无忧无虑过着安稳的一生。

每一个女孩都有公主梦,萧十七也一样。只不过她喜欢的不是白雪公主,而是活泼勇敢的花木兰。小学时,她就爱跑爱跳,每天跟爷爷早上6点去公园晨练。初中时,她是班里的体育委员,因为爆发力强,还一直都是女子接力跑的最后一棒,包揽学校的校运会冠军。

青春期的女孩总是爱美的，萧十七也不例外。高中时的萧十七扛起了"非主流时代"的审美大旗，厚厚的齐刘海、破洞牛仔裤，怎么张扬怎么打扮，最严重的一次还因为打扮太过夸张而被学校记了处分。

高中毕业，萧十七来到韩国留学，学习工商管理。那也是她第一次对自己的审美产生了怀疑："我从没见过这么多的美女，班里的每一个女孩化着精致的妆容，穿着韩剧里的衣服。"在韩国，想变美也是一件自然而然的事，美妆店的店员会教你怎样化一个自然裸感的全妆，服装店的衣服都是搭配好成套卖的。

在这种氛围下，对美有着强烈追求的萧十七，很快进入角色：一字眉、黑长直发、长风衣，走在路上，与那些靓丽的韩国女生没有任何区别。

萧十七能接触到健身，其实也是一件机缘巧合的事。大二时，韩风正盛，国内的年轻人都喜欢买韩剧同款的衣服。萧十七在朋友的推荐下拿下了一家服装品牌的独家代理权，开始了她的代购生意。她自己当模特，风风火火地把网店开了起来。

开店最难的不是运营店铺，而是她太瘦的烦恼——一米六几的她，只有80多斤，穿上职业装怎么拍都十分违和，"一点也不像职场女性，倒是像偷穿妈妈衣服的小孩，不合身甚至有点搞笑"。为了拍出好看的模特照，萧十七想到了增肥。方法很粗暴，那就是不停地吃高热量食品，薯条、汉堡、碳酸饮料，什么让人发胖她就吃什么。但她代谢快，这样胡吃海塞一个月，不仅没胖，甚至还瘦了一斤。

她在网上查到，运动可以让自己壮实。一心想变胖的她像抓住了救命稻草，一下课就往学校健身房跑，每天先跑步一小时，再"撸铁"一小时。学校的健身房没有私人教练，没接触过器械的她，只能在网上一步一步查教程，先背下来，再模仿着去做。从小就喜欢运动的她马上爱上了"撸铁"带来的力量感——她举起十公斤的杠铃来轻而易举，比健身房的很多男人都厉害。

付出的汗水，很快带来了回报，三个月下来，人果然看着壮实很多。随着肌肉的增加，线条开始显现。尤其二头肌，已经有了些围度与线条，后来还慢慢地出现了直角肩。拍起职业装模特照片，虽然依然有些年龄上的违和，但起码看着合身了许多。

从一字眉到一字肩，慢慢地改变了萧十七的审美。

她正闯入世界

3. 谁说站在光里才算英雄

美好的未来像是绿洲，在找到它之前，总要先越过莽莽黄沙。

可在很多亲朋眼里。萧十七的事业并不是从黄沙走到绿洲，而是在走一条费力不讨好的下坡路。大学时的代购生意一直不错，大学毕业时，她已经攒下了 100 万元。回国后，她把事业做得越来越大，找到了合伙人，开始做服装代理、分销。

随着生意走上正轨，萧十七实现了财务自由，也有了能选择人生的自由。那段时间，她到处旅行，偶然体验到了寺院生活，开始对宗教产生了极强的兴趣。她一个人去了武当山，抛开了工作和健身，在山上"修行"，沉浸在大自然中。

然而，幸福的日子没多久，她在代购上跟合伙人出现了分歧，生意难以继续，最后不得"不下山"谋生。就在这时，健身又一次闯入了她的生活。

2016 年，她开始了健身直播，在直播间教大家练瑜伽和"撸铁"技巧。她自己也没想到，健身直播一做就是一年，整个人经常陀螺一样连轴转，很辛苦，但也确实攒下了一些钱。

第三章

那时杭州互联网行业发达,她便又开始折腾:把直播赚的钱,拿去开了个与手机 App 相关的科技公司。但因为不懂这个领域,竞争也很激烈,公司一年就亏损倒闭了,还欠了一些员工工资,最后折腾了个空,兜兜转转就又做回了健身直播。

那几年,好多人说她瞎折腾,忙忙碌碌好几年,好像竹篮打水一场空,什么也没得到。但萧十七却从不这样想,她说:"她走到现在,每一个选择似乎都在冥冥中,将她一步步推向前方。"

人生没有白走的路,每一步都算数。

也正是因从事健身直播,让她有机会在三亚看到健美比赛,让她也想站在舞台上。打比赛前,萧十七需要长达三个月的备赛期。最开始的阶段,她要努力把肥肉甩掉,然后是减脂。

随着比赛的临近,状态要越来越"干",通过大量的力量和有氧训练把体脂率控制在 10%~12%。备赛的最后几天,还要对身体进行"脱水",这也是"脱干"的一部分,让肌肉达到最佳形态。而身体会随着水分的流失变得脆弱,连说话的力气往往都没有。

最难受的是要消除对食物的欲望。

137

饿是一种持续的感受。随着比赛的临近,饮食结构中的碳水在逐渐降低,饥饿伴随着低迷的情绪涌来,如潮水般难以抵挡。每当这时,萧十七也产生过100次放弃的念头,但她总能给自己101个坚持的理由。

半夜饿得睡不着觉,她一遍遍看喜欢的选手的比赛,反问自己:"别人都能坚持下来,难道我不行吗?"萧十七说,她特别喜欢《孤勇者》的歌词,"谁说站在光里的才算英雄"。在她看来,她的克制,不一定是要赢,反而让她更加理解了失败,也理解了人生所经历的起伏。

"能超越自己,能坚持下去,我觉得就已经很了不起了。"她说。

4. 肌肉包裹着内心的堡垒

不打比赛的时候,萧十七是一名健身博主,和大家分享她的健身生活。

现在,她依然需要对抗很多偏见。

第三章

第一层偏见便是来自父母。父母反对萧十七的理由出于爱——认为健美比赛伤身体。"美什么呀,满身的肌肉,哪有一点女孩子的样子。女孩子不要从事这种太耗体力的事,像个男的一样每天举那么重的铁。"妈妈的语气里总是浓浓的不解和嫌弃。

萧十七有自己的想法。确实,健美比赛会对身体造成伤害,但这和其他工作带来的伤害,又有什么不同?就像从事体力劳动的人,就要经历风吹日晒;整天坐在办公室的白领,要面对颈椎腰椎劳损。

在她看来,"任何事情,只要想到达金字塔尖,都是要付出一些代价的"。

除此之外,还有一层更为广泛、无处不在的社会偏见——现在仍旧有许多人会戴着有色眼镜看待健身的女性。在他们的世界观里,"比基尼 = 卖弄风骚、色情""肌肉线条 = 不像女孩"。

来自同辈表弟的反对,似乎印证了这类声音的存在。这个 1996 年出生的男孩认为,萧十七做的事没有任何社会价值。在他眼里,萧十七穿着健身内衣在镜头前做动作,无非是博眼球换流量的"网红",大家还不是贪图你的身子和美色。但情况并非如此。

逐渐积累了一些名气和粉丝后，批评的声音其实更多了，有人说她"像男人""肌肉太夸张"。一开始，她会回怼回去，也算是无聊生活的情绪发泄。但她慢慢意识到，那些所谓的"白瘦幼"审美，或许正是被一直以来的男性视角所塑造的。

与其跟这些声音争辩，不如努力让更多女孩有勇气跳出现有的单一审美体系。"那些骂你肌肉大、力量大的男生，一定在各个方面都比你弱很多。"她说。

她已经不那么在意这些言语了，而是更加欣赏自己的身体，由内而外地。一路走来，肌肉成了包裹住她内心的堡垒，让她面对人生的跌宕起伏时，更有掌控力。

现在，萧十七的粉丝中，依然男性占比较多。但有越来越多的女孩亲切地称呼她为"七哥"，每天跟着她的健身视频打卡锻炼，也会在弹幕和私信中说："好想练成你这样啊！"

这是萧十七最有成就感的一件事，因为她希望有更多的女孩可以通过她的视频，不再畏惧肌肉和力量。

第三章

▶ 热爱潜水的农村女孩，
　　成了海洋馆里的"美人鱼"

极限运动，常常被打上中产和烧钱的烙印。在人们眼里，它背后是一系列高昂的学习成本——极高的场地要求，昂贵的运动装备，还要有闲情和时间。在许多人看来，极限运动不仅是优渥生活的证明，也代表着冒险与勇气的气质象征。追求体能超越与突破，似乎是刻在男性身上的专属使命。

但黄婷偏偏与这些"印象"完全无关。她热爱潜水，是海洋馆里身姿曼妙、与群鱼共舞的"美人鱼"，也是引领新手去往蓝色无人之境的潜水教练。除了潜水，滑雪、帆船、攀岩……一次又一次的冒险，构成了她的生活。她喜欢时不时出现的突发情况，享受应对它们时飙升的兴奋感。

学会这些运动项目,是她想方设法"抠出"的机会。

黄婷来自四川农村,家境普通,也没有异禀的天赋。对于大多数和她一样的孩子来说,死心塌地学习,费劲全力拼出一个优异的高考成绩,就是能想到的最好出路。黄婷也走过这条路,但却感到压抑,无法自由呼吸。于是,在 17 岁这年,她开启了人生第一次"逃学"。后来,她一次又一次从既有的轨道偏离,游往属于她的未知深海。

1. 和鲨鱼共舞的"美人鱼"

黄婷是一条"美人鱼"。这是她的工作。在三亚一家海洋馆,她穿上亮闪闪的、重达 3 公斤的鱼尾巴,跳进水里,就变得轻盈,自如地游动。颜色鲜艳的蝴蝶鱼成群地游过,巨大的海龟缓缓划动四肢,偶尔还有鲨鱼矫健地冲过来。在七八米的水下,黄婷和同事随着音乐甩动鱼尾、挥动手臂,下潜、上浮,转个优美的圈。他们还会和玻璃幕墙外的观众打个招呼。

准确来说,这份工作名为"美人鱼表演",需要具备熟练的潜水和游泳技巧。鱼尾有重量,人会自然下沉,上浮的时候需要集中力量。但双脚被固定在鱼尾中,行动也没那么方便,很考验表演者的体力。

第三章

　　为了表演的美观，表演者不能用呼吸管和潜水气瓶，最多佩戴一副防水镜，水下全靠自己憋气。由于没有潜水服的保护，大片肌肤暴露在海水中。黄婷需要细心检查，确保身体没有外伤。否则，一个小小的伤口，会在海水的浸泡下，腌渍得发痛、发白，甚至泡烂，即便慢慢恢复了，也会留下一个大坑。此外，一头长发也不能幸免。盐分会让它们失去光泽，变得干枯发黄。

　　黄婷表演的水域里，住着好几万条鱼。这些"居民"不懂表演，也不讲礼仪，"美人鱼们"常常被咬。调皮的小鱼过来啃啃，好奇的海龟靠近，冷不防咬上一口，虽不至于破皮，但在皮肤上会留下青紫的痕迹。挥动手臂舞蹈的时候，有的鲨鱼误以为饲养员来投食了，急匆匆冲过来；也有鲨鱼以为他们是威胁领地的"真人鱼"，用咬的方式作为警告，但下嘴都不重，并不会有安全威胁。

　　黄婷一天进行 4～5 场表演，每场表演时间为 10 分钟，每个月有 8～10 天的休息日。在剩余的时间里，她继续潜水。有时是自由潜，在水里不受拘束地玩耍；有时是做教练，给刚刚接触潜水的初学者上课。

　　2023 年 3 月，在朋友的推荐下，黄婷开始做美人鱼表演。得到这份工作，她觉得"幸运又幸福"，"一个月里有 20 天都在下水，潜水教练都不能有这样的机会，高频下海还是蛮锻炼人的"。

143

在之前，这个 22 岁的姑娘在三亚做着与潜水相关的工作。从初次接触潜水便即刻爱上，到现在将潜水变成生活的重要部分，已经过去四年有余。

2. 一场风暴，一粒种子

为什么这么喜欢潜水？黄婷的答案是简单的，直觉告诉她，做这件事时，状态是快乐又舒服的。

"啪"一声，黄婷一个猛子从菲律宾 10 米高的悬崖上跳进海里，海里溅起水花。"好刺激！"黄婷感觉像喝了一杯冰汽水，身上的毛孔一瞬间都被打开了。她不断下潜，直至海下 20 多米。随着自由下坠，光线越来越暗，被密不透风的蓝色包裹，她来到一个全新的世界。

"当潜到差不多十七八米时，你就会成为一个自由落体，你不用做任何动作，身体会自然下降。"黄婷试着描述，"你会感觉特别寂静。它是一个三维空间，上下左右全部是蓝色。你仿佛来到一个无人之境，没有声音，只感觉身体在下坠。"

在海里，和潜伴的沟通方式也让黄婷觉得很舒服。人与人之间的交流不需要语言,只通过几个手势。大拇指向上的意思是"上","OK"的手势是"我准备好了,可以往下"……交流非常简单,却要把生命交给对方,这种人和人之间全然的信任和非常牢固的关系,让黄婷很有安全感。

第一次潜水,是在菲律宾。那时,17岁的黄婷从老家县城的中学逃了出来,一路打工旅游,来到这个陌生的东南亚岛国。菲律宾有7107个岛屿,星星点点坠落在瓦蓝无际的太平洋上。这里最不缺的就是阳光,温暖的水域滋养了丰富多样的海洋生物,是远近闻名的"潜水胜地",吸引着世界各地的潜水者。

黄婷住在一个潜水村里,大家出门都穿着比基尼。走到路上,都会互相说"Hi",热情地分享一些关于潜水的小知识。在这样浓厚的氛围里,黄婷学会了潜水。

最开始,她没有钱请潜水教练,就跟别人蹭课。她在潜水村认识了一个成都的教练,教练在给学员上课时,黄婷就趴在浮球上看。因为不是正式学员,黄婷下海的机会很少。她看了三天,就彻底爱上了潜水。

"潜水是一个自我对抗的运动,它不像搏击或是跑步,你要超越某一个人或者争当第一名。潜水就是你的深度达到了,或者这个动作做得很好了，你再不断地去挑战自身。"

一次潜水时，黄婷遇到了沙丁鱼风暴。这些体型迷你的小鱼，为了防御外敌攻击，常常抱团聚集在一起活动和捕食，最多能达到3亿条。壮观的银色沙丁鱼群在阳光下发着亮亮的光，把她包围。黄婷说："感觉很神奇，你能感受到自己作为一个生命体和它们共生。"

对于还是高中生的黄婷来说，潜水就像一颗种子，让迷茫荒芜的心灵之地有了生机。但因为交不起学费，黄婷只能暂时把这颗种子悄悄埋在心里。短暂的异国旅行结束，黄婷回归日常生活，仍旧要解决那个困扰她整个青春期的问题：我到底是谁，我要选择成为一个怎样的人？

3. 逃学少女

在2017年夏天的一个夜晚，读高二的黄婷带着兜里仅有的200多元钱，逃离了学校，逃离了即将面临的高考。其实，黄婷并不是完全不喜欢读书。高中时，她曾经试过，认认真真地学习，成绩不错，学校五六百人，能考进前十。

第三章

彼时，黄婷来到县城读书，为了监督她学习，爸爸勒令妈妈从成都回家陪读。她们在学校旁租了一个屋子，五六平方米，屋里有一张床、一张桌子，整栋楼里全是陪读的家长。黄婷每天在小屋子里学习，妈妈每天洗衣做饭，对于母亲的牺牲和突然亲近，最初，黄婷并没有很感动，反而很痛苦，觉得自己每天像在坐牢。

慢慢习惯了和母亲的相处后，黄婷也会感觉到那种柔情。看妈妈这么辛苦，想着自己是不是应该真的要好好考一个学校，长大后好好报答他们。她开始好好学习，成绩进步得很快。成绩好了，但黄婷并不开心。她觉得自己变了，变得唯唯诺诺、小心翼翼，生怕自己违逆为她做出牺牲的妈妈。在学校里，尽量让自己成为一个非常安静、踏实学习的女孩子。

但黄婷本身的性格并不是这样，跟着爷爷奶奶长大的她，从小好动，爬树摘李子、去地里偷玉米……初中之前她一直野蛮生长，她还是个小话痨，逮着一个人，能一直说。当好学生的时间越长，黄婷越觉得找不到自己。

黄婷喜欢写东西，每周她都会写一篇散文或诗交给最喜欢的语文老师。语文老师知道黄婷喜欢张爱玲，会借书给她看，和她交流文学和写作。后来，黄婷被分到尖子班，换了老师，所有主题都变成和"高考""冲刺"相关的内容，这让黄婷觉得压抑。

老师按成绩分座位，成绩好的坐前面，成绩差的坐后面，黄婷觉得人和人之间好像有了阶级，好生和差生中间像有一条河流。同学之间虎视眈眈，老师也不会关心你的个人情感，更关心班级的荣誉，谁考了不错的成绩，让他觉得有面子。

受不了这一切的黄婷，逃跑了。

4. 寻找之旅

第一站，黄婷去了云南。因为四川离云南近，车费便宜。大理夏天很晒，洱海的文艺气息很重，站在洱海旁，黄婷体会到久违的自由。她在客栈找了一份义工，一边打工，一边玩。在云南，很少人能记得时间，大家一杯茶就可以坐一下午。

玩了一段时间，黄婷觉得有点无聊，开始向下一个目的地西藏出发。西藏辽阔的风景让黄婷的心境好了不少。她找了份酒吧前台的工作，每天凌晨2点上班，天亮下班。赚够路费后，黄婷就继续上路。离开了西南地区，开始往东走，她去了三亚，还走出国门去了菲律宾。

刚离开四川时，黄婷操着一口"川普"，英语只会说几个简单

第三章

的句子，但她一点儿都不害怕。"我不害怕未来带给我的痛苦，只想逃离那些强加给我的想法。"辍学之前，黄婷也非常纠结，她很害怕自己像很多人说的那样，"不去参加高考，未来会很惨"。

但她清楚自己想要什么。"离开意味着未来有 50% 是好的，50% 是坏的，但总比 100% 坏好。"黄婷这样告诉自己。此前的学校环境已经让她丧失了对很多事物的兴趣。

未来的自己会成长成什么样呢？黄婷也不知道，她一边旅游，一边寻找。

从菲律宾回国后，黄婷的旅程停止了。她依旧还是没找到关于"我是谁"的答案。这时，一张招生简章出现在她面前。一家帮助进城务工子女的公益组织"久牵"做了一个项目叫"秋水学院"，这是一个全日制高中的项目，正在招第一批学生，地点在上海。

黄婷看了"久牵"设计的课程觉得很有意思，她报了名，并成功地被录取。

2018 年夏天，黄婷一个人坐了 38 个小时的火车来到上海。刚到时，她有点紧张，还有点自卑，"不知道该怎么跟大城市的人交流"。"久牵"大多数学生都从小在上海长大，但无法在上海参加高考，因为他们的父母是来自外地的农民工。"久牵"接收的就是这样一群不得不离开高考赛道的人，每月只收100多元的伙食费。

在这里，黄婷上了哲学课、园艺课、TOK、戏剧课，接触了之前很多没学过的知识。记得有一次上课，他们学习"什么是自由？"黄婷心里想，"自由不就是想干什么就干什么吗？"之后，老师介绍了国内外一些思想家是如何理解自由的，没有给出既定答案，而是留出足够的空间让大家主动思考，寻求自己的答案。

现在，黄婷对"自由"有了新的答案，"自律才是自由"——通过自我约束，冲破诱惑的干扰，执行自己制订的计划。学习了一年多后，黄婷面临实习，留在"久牵"或者去外面寻找机会。黄婷选择了前者，但又想跳出安全区，找寻一些刺激。

这时，继续学潜水的想法又浮现了。

5. 19岁，成为潜水教练

为了攒够学潜水的学费和路费，黄婷每周都去做服务员，26元一小时。此外，她每天都会做一个动作，就是抬动舌根100下。在海里，人面对的压力会发生变化，潜水需要做到耳压平衡，黄婷

第三章

强迫自己每天不断地抬舌根。

黄婷又找到之前在三亚认识的一个潜水教练，询问能不能跟他学潜水，"我可以给你交点学费，但不是很多，你就随便带带我。"黄婷厚着脸皮问，对方同意了。

这个教练在给学员上理论课时，黄婷就搬个板凳坐在旁边，假装自己在玩手机，其实在听课。多一个人跟着下海，教练就要多负责一个人的安全。其他学员练两天，黄婷只跟一天，在旁边看别人怎么做动作。

跟了一次课以后，黄婷意识到自己的很多动作非常不规范、不专业。动作不规范，意味着下潜时耗氧非常快，根本下不去。于是，黄婷就自己泡了几天泳池，在里面练静态憋气以及入水的动作和踢蹼的动作。

第二次上课时，教练发现她动作做得很好，认为她非常有天赋。"其实他不知道那是我去泳池练了很久的结果。"黄婷说。教练对待黄婷不像正式学员那样细致，黄婷就主动出击，看到教练，就疯狂问各种问题。差不多快练了三个月，黄婷能顺利地下潜到20多米，在菲律宾，她只能下潜三五米。

她正闯入世界

下潜到20多米后，原来的教练没有办法再继续教黄婷了，他的级别只够教下潜20米。想再往后学，黄婷就必须找教练训练官，自己去考教练证。这时，不交钱不行了。之前的教练帮黄婷打了个招呼，教练训练官同意黄婷先跟着上课，之后再帮他教学生，抵扣学费。

"当你真想去做一件事时，其他事情就没那么重要了，你就不会觉得害羞或紧张了。"黄婷之前害怕求人，不好意思打扰别人，但面对潜水，她放下这些，脑海里唯一装的就是想尽一切办法去做到这件事。

因为没交钱，一些下海的机会黄婷就没有。另外，大家看黄婷太年轻了，只有19岁，也不会很认真地对待她。他们觉得黄婷和大部分来学潜水的女孩一样，只是为了拍美美的照片，不是玩真的。穿上脚蹼，人在海里的身材会显得非常好，身高1.5米的女孩看起来都会有1.7米、"九头身"的感觉。跟着教练训练官学习时，黄婷很小心翼翼，也不敢问他太多问题，但从来没想过要放弃。

"久牵"每年都会去西双版纳的村子里开展公益的夏令营活动，考潜水教练证期间，黄婷还担任了夏令营的活动执行人。在西双版纳，每天早晚黄婷都会在床上练憋气。憋一分半，休息10秒钟，后面休息时间会递减，连续10组。憋到最后，她感觉大脑缺氧得快要晕过去了，想死的心都有，但仍然坚持下来了。此外，黄婷天天还会去做腿部训练，她当时非常瘦，踢蹼需要臀大肌发力，太瘦了会踢不动，还会面临海下抽筋的危险。除了动作，教练还需要考核讲课能力。每天中午，小朋友午休了，黄婷就会在办公室试讲。将近50道题的重点提纲，挨个过一遍。

2020年9月6日，黄婷如愿拿到自由潜L1初级教练证书，还顺利招到两个学生，抵扣了自己的学费。学生都比黄婷大，看到她，都会问她一个问题："教练，你多大？"

"我，25岁"。黄婷调皮地答道。

6. 再次"跳车"，继续勇猛

从"久牵"毕业后，家人劝黄婷去工厂上班，做"厂妹"。高中辍学后，黄婷就没拿过家里一分钱，家人也不知道她具体在做什么。

在家人眼里，女孩没考上大学，就只有两条出路：要么结婚，要么进厂。之前，妈妈还劝她去学理发、学化妆。但黄婷并不觉得女孩就只能做这些机械性的、重复的工作。

她正闯入世界

"我觉得女孩子也可以生来就勇敢一点,各项运动或者各种工作都能驾驭,不仅仅是去卖奶茶之类的。"黄婷说。一路探索下来,关于未来、关于自我的那张拼图逐渐清晰——她不想安定,喜欢冒险。

2020年冬天,黄婷得到一个去吉林免费学习滑雪的机会。也是先学,学会了教学,抵扣学费。滑了近两个月,黄婷拿到滑雪的指导员证。但过程没那么顺利。一次,她直接摔出雪道,嘴巴缝了好几针,现在嘴唇上还有一个啾起的疤。当时,从医院出来,黄婷一脸捡到便宜的表情,她心想:"幸亏我只是嘴巴受了伤,而不是手或腿,那样我可能有段时间都不能去滑雪了。"

极限运动让人上瘾,她开始挑战越来越多新的项目。

2021年,黄婷开始学习驾驶双体帆船,参加过几场正式比赛。帆船纯利用风力,驾驶者要通过调整风帆的角度控制它的前进。双体帆船需要两个人的配合,黄婷管理前帆,也就是"缭手",负责改变船的方向。在这项运动中,女性并不占优势。

"在海上,船可能会翘起,缭手需要调整好船,让它在翻和不翻之间,运动前行。这时就需要一个个子高、体重稍微重一点的人。"黄婷说,"但我太瘦了,又有点矮。而且船上很晒,非常缺水，在海上一漂就是七八个小时，非常考验人的耐心。因此，玩帆船比赛的基本上都是男性，很少有女性。"

这项运动也很危险，暴风雨来了，卷起的浪有五六米高，感觉能把人和船完全吞噬。有一次，黄婷在海口比赛，风特别大，她们的船翻了，当巨浪掀过来时，黄婷第一次感觉到大海的恐怖。但帆船也给她带来快乐，风向永远在变，人必须跟着风，必须快速做出应对的压迫和紧张感，这让黄婷觉得很兴奋，"就像喝了咖啡一样"，她享受这种感觉。

虽然身体占劣势，但黄婷从没想过要放弃这项运动，"我觉得熟能生巧，我相信女孩也能做到很好，只要不断去练习"。

她还爱上了攀岩，从室内到徒手攀爬陡峭的山岩，成了一个"上山下海"的野孩子。现在的黄婷小腹上有深邃的马甲线，全身肌肉线条明显，皮肤是健康的小麦色。刚开始时，黄婷和大多数女孩一样，觉得晒黑了不好看，会擦很多防晒霜。

后来，黄婷渐渐地接受自己了，"晒得这么黑是因为热爱大海，热爱冲浪，黑是太阳给你的印记，意味着你敢于去尝试，它是勇敢的代表"。

这几年到处走，黄婷积攒了很多省钱的小妙招。

无论走到哪里，她都会背上一个和她大半个身体一样高的背包，有时候，手上会提着一瓶 1.5 升的矿泉水。"当然买这种啦，多划算，一瓶 500 毫升的矿泉水 1 块 5，这个 1.5 升，才 3 块 5。"

她会提前一两个月订机票，或者购买"随心飞"。如果去某地的机票太贵，她便选择飞邻近城市，再换火车过去。能不打车就不打车，尽量选择走路或骑车。在吃、住上，黄婷更是能省就省，多备鸡胸肉、番茄、香蕉，把每天的伙食费控制在二三十元。住就选择住青旅。

2021 年，黄婷被上海一所创新学校致极学院（Arete College）录取，并荣获全额奖学金。在上海学习一年的国际本科课程后，她可以申请到国外大学继续本科阶段的学习。

刚收到录取通知时，黄婷被告知她拿到的是半额奖学金，她特别伤心，找到"久牵"的老师问："我身上还有哪些不好的地方吗？"老师告诉黄婷，可能面试官觉得她接触的一些运动比较"烧钱"，认为她有经济能力支付自己的学费。黄婷直接找致极学院争取，对方了解到她的真实情况和这些年的经历，又把半额奖学金改成了全额。

看上去，黄婷即将开始一段顺遂的人生：入学，留学，毕业后找一份体面的工作。

但她再次选择了中途"跳车"。

"动力不足，所以没去做这件事。"黄婷最终没有入学，而是选择继续做潜水相关的工作，从上海搬到了三亚。父母不能理解，常常叹气，"不拿个文凭就退学，以后你肯定后悔"。他们也不看好黄婷的选择，劝她回成都发展，也别潜水了，"这个行业太危险了，对女孩子也不好，老了容易得风湿病"。

但这些琐碎的劝诫并没有捆绑住黄婷。

"我到现在还没有后悔的念头。"她说。她将继续下去。或许在不久后，她不再是玻璃幕墙内的"美人鱼"，会搬去一座新的城市。但那个属于未来的区域，是无限广阔的，正如她不设限的人生。

第四章

她正闯入世界

她正闯入世界

● 宠物墓碑师：给 9205 只宠物打造死后明亮干净的"家"

北京女孩吴彤是个和宠物死亡后打交道的人。她的"顾客"不会说话，在人间短暂地生活一阵，就回到了属于自己的美丽星球。它们曾是人类家庭的宠儿，用一生的陪伴与专注的爱，滋养一颗颗人的心灵。

准确来说，吴彤是位宠物墓碑师。

人人忌讳死亡，连同殡葬用品也被打上了晦气的标签。但吴彤偏偏对墓碑情有独钟，"它是用来安慰人的，而不是恐吓人的"。她为死去的宠物打造一个小而温暖的容身之所，让它们离世后仍保有尊严和体面。这些小小的木房子，也治愈了那些因为失去宠物而饱受痛苦的人的心。来找她的人，往往会倾注饱满的情感，为自己的宠物写下墓志铭。有时是一段话，有时是一首诗，有时是一篇散文，爱让他们都变成了诗人。

和人类相比，宠物的生命很短。它们的离开像是一场提前预演，让你为多年后必将到来的那一刻做好准备——亲人、朋友，乃至自己的离世，终将以同样沉重的步伐到来。学会告别，是每个人不可避免的练习课。"论及生死，愿我们都能从容"，吴彤在自己的品牌介绍中写下了这一句话。

她想为宠物的死亡，带来一丝温暖和明亮的感觉。

1. 为小 Q 找一块墓碑

吴彤有一只狗，名叫小 Q。这是只长着一头波浪卷的可卡犬，已经 18 岁，实属高龄。岁月让它的皮肤松弛，原本棕色的毛发褪色，变得金灿灿，眉毛和脸都白了。吴彤恍然，原来狗和人一样，老了，头发也是慢慢会白的。

小 Q 能活到现在，已经是一场难遇的奇迹。它不仅赛过了时间，还扛过了好几场大病。9 岁那年，已经迈入中老年的小 Q 动了一场大手术。它的子宫蓄脓情况严重，不得不送进医院摘除。

守在门外的吴彤，坐立难安，紧张得要命。隔着不透明的玻璃，她只能隐约看到手术台传来的光亮、来回忙碌的人影，但却不知道手术进行到了哪一步，顺不顺利，小Q的情况怎么样。她的心里直打鼓，各种坏情况在脑子里涌现，小Q上了年纪，心脏也不好，有个万一怎么办？无助全面侵袭了她。手术不过一个小时，但分秒都流逝得无比漫长。她也后悔，如果早点知道母犬要及时绝育，把它照顾得更细致，或许小Q就不用遭这些罪了吧？

最初与小Q相识，是一场意外。2005年，还在上大学的她在一家服务于智力障碍者的公益机构做义工，其中一位老师家里的狗"白眉大侠"生了一窝小崽。最小的一只没人要，老师向吴彤征询意见，你要不带回去？

不像大多数宠物主人，吴彤对猫狗并没有特别地喜爱。但鬼使神差，没经过什么考虑，她答应了下来，骑着自行车，把小狗带回了家。给它取个什么名字好呢？一部名为《导盲犬小Q》的电影浮现在脑子里，"那就随便取个名字，叫它小Q吧"。

吴彤和家人不知道怎么养好狗，也不知道母犬要及时绝育，否则有健康风险。最开始爸爸去大棚菜市场买狗粮，量大价低，并没有对这个新到访的家庭成员太上心。但时间有种奇妙的魔力，它能编织出一条紧密的情感纽带，也会随时突发奇想剪断这根带子。

第四章

越相处,吴彤感到自己越爱这只狗。它不像其他狗那样容易兴奋爱叫唤,也不喜欢和同类追逐打闹,大多数时候是安静而淡然的。不小心被人踩到,疼了,才会罕见地发出一点声响。一人一狗,实在太像了。吴彤形容自己"生性淡漠,和人之间的感情连接很弱",很少外露激烈的情绪。小Q也是如此,她外出旅游一段时间回家,它会到门口迎接,但不会激动地又扑又舔,好像只是平静地问候,"回来了啊"。当小Q成为吴彤的心头肉,甚至是"世界上唯一感到很亲的存在"时,它却开始接连生病,仿佛随时都可能离开。

好在子宫摘除手术顺利,小Q活了下来。后来,它又因为乳腺瘤,还挨了两次刀。耳朵反复发炎,导致增生,彻底失去了听力。心悬起又放下,吴彤感到是时候做准备了——她想为小Q寻找一个故去后的容身之所。找来找去,市面上几乎没有一款能让她满意的宠物墓碑和骨灰盒。

在吴彤眼里,人的传统殡葬用品本身毫无美感,颜色深沉,显得冷冰冰。她不恐惧死亡,却害怕匆匆忙忙、一条龙地走流程式葬礼。她还记得姥姥去世的时候,自己刚赶到医院,发现她已经被换上了寿衣。晚上是遗体告别仪式,吵吵嚷嚷,随后就是下葬,竖起一块冰冷的墓碑,大家仿佛都在赶时间,想赶紧把事情了结。到了清明节,再集体辗转到郊区献花烧纸,短暂地在象征着故去的墓园停留，祭祀完成后，再回到生机勃勃的城市生活。

在吴彤看来，人人忌讳死亡，恨屋及乌，连带着忌讳骨灰盒、墓碑，墓地也要建在偏远的郊区，和生者隔离。她讨厌形式化的流程、传统的墓地和毫无美感的殡葬用品，"墓碑千篇一律，文字不疼不痒，假大空"。

吴彤想，既然没有，那就自己创造。但要做成什么样，她心底一时间还没有答案。

2. 走遍世界各地的墓地

在成为宠物墓碑师之前，吴彤在一家旅游杂志做编辑。她爱旅行。吸引她的往往不是名胜古迹或者现代建筑，而是充满烟火气的喧嚣街道，植物肆意生长的幽静墓园。2009 年，她到澳门旅游，意外逛进了一片墓园，其中在一位老人的墓碑前，竖着一座小狗的雕像，"人和狗可能是合葬的吧"。从这时候起，她对墓地产生了兴趣。

她参观过很多不同寻常的墓地。在日本大阪，她找到一些极有趣味的墓碑，上面没有文字，只篆刻着小画。一个熨斗，代表这里

第四章

沉眠着一位裁缝；一杯小酒，说明地下的逝者，可能真变成了一个"酒鬼"；一粒足球，说不定地下的人曾是个小有名气的球员……这些画，代表着逝者生前的兴趣和职业。吴彤看了觉得亲切，"好像认识了这里的每一个人"。

在台湾省，她骑车环岛，路过东海岸的一个小村子，路与海的间隙，矗立着一个个彩色琉璃制成的十字架——生与死，竟可以如此紧密相依，她瞬间深受感动。她还发现了两处宠物墓地。一个形式是树葬，墓园里有好几棵树，上面挂着宠物的照片，下方掩埋着它们的骨灰。另一个坐落在阳明山附近，骨灰放在佛龛上。她碰见一个手拎小板凳和收音机的男人，在自家宠物的骨灰盒前坐下，给它放音乐。

吴彤不认为死亡只是一道逼近的恐怖阴影。很多年前，她看过一部名为《美丽人生》的日剧，女主角是个叫杏子的女孩，因病去世。独白念着："杏子火化的那一天，天空特别蓝，杏子的骨灰像沙一样白。"她被这句话击中，"很美、很干净明亮"。

答案呼之欲出——小 Q 的墓碑、骨灰盒和纪念品，要抚慰，不要惊吓；要温暖，不要冰冷；要能放在家里，不要埋在郊区；要简洁有美感，不要陈旧又土气。木质的小墓碑从纸上的设计成真，是柔和的原木色，有半个小 Q 那么高，还能在旁边插绿植。但没想到的是，用上它的不是小Q，而是吴彤身边朋友的宠物。

他们的需求和感谢让吴彤意识到，做宠物墓碑是一项有价值的事业。彼时，她刚从印度回来，望着满街的小贩，生出了自由做点生意的想法。

2015年，吴彤在北京周边展开调查。她查询到，北京宠物火葬场当时大概有十多家。2020年再查，发现数量翻了倍。不只是北京，其他大城市和省会城市，宠物火葬场如同雨后春笋一般涌现。

在探访时，吴彤遇到了一些稀奇事。在一家宠物医院的窗台上，她看到一个骨灰盒，医生告诉她，这只猫已经火化两个月了，主人说自己无法面对，一直没有来取。还有医生告诉她，有位老人在失去宠物狗后，购置了一个小冰柜，专门存放它的尸体，一连好几年都不愿下葬。

她意识到，告别对于许多人来说，是一件异常艰难的事。面对家人、宠物的离世，人们也不太知道如何消化悲伤。这个情况长时间被忽视，从市面上有温度殡葬产品的稀缺，到社会的态度。

吴彤的计划是：先从有温度的宠物殡葬纪念品做起，再引入心灵抚慰、心理咨询的内容，帮助人们走出痛苦。就这样，Q

Planet——一家专做宠物墓碑、骨灰盒、烛台以及相关用品的小店开张了。她以小 Q 命名,打造了一个由爱和思念构成的星球。

最初,吴彤的顾客几乎都是朋友介绍。慢慢地,越来越多陌生人找到她。为了让人们有一个倾诉的出口,她开始做自媒体账号,以文字和视频的方式记录这些小生命在人间的存在。

3. 一生的死亡教育课

7 年里,吴彤做了 9000 多个宠物墓碑和骨灰盒。她主要做设计,再把图纸和定制需求发给木匠,这是一家在北京周边的家庭作坊,能接小量的订单,做工细致。

墓碑上刻着宠物的画像和生平,用料不是大理石或水泥,而是深浅不一的原木。纯净明亮的白,是枫木;温润朴实的棕,是樱桃木;深沉丰富的咖,是黑胡桃。它们的模样一点都不瘆人可怖,而是如吴彤的设计理念那样,看上去明亮又温暖。骨灰盒像一间小木屋,内部空心,足以容纳离开地球的"毛孩子"。屋顶的烟囱里是一支玻璃试管,可以插入一朵小花。这样的墓碑,并不是要埋在黑暗的地底,或是专门的宠物集体墓地,而是要摆在家里,与人日夜相对,朝夕相处。小小的墓碑让吴彤的顾客们觉得,挚爱的、毛茸

她正闯入世界

茸的好朋友，没有完全被死亡带走，只是换了种方式陪伴着自己。

潮玩设计师 Nomi 是吴彤的顾客之一，她曾经有一只名叫天熊的腊肠犬。在天熊去世后，Nomi 将它记号般刻在了生活的每个角落。她画下了天熊的卡通形象，文在手臂上。而天熊的墓碑，一度被她放在工作室显眼的位置，画画的时候看一看它，Nomi 就有种安心踏实的感觉。

天熊的墓志铭由她父亲执笔：

萌宝小天熊，灵巧亦忠勇，
身虽拂尘去，魂长守家中。
　　　　——爱你的外公

对于许多宠物主人来说，失去时的悲痛欲绝或许可以缓解，但却始终会带走一部分东西。

有只叫娃娃的狗离开后，它的主人感到此生所有的快乐都被稀释了，"哪怕经历了一场狂欢，有一个快乐的时刻，也感到这种开心不那么完整，好像始终有一个黑洞"。也有人自责与遗憾，没能多陪陪这些"毛孩子"。它们的生命周期相较人类是压缩的，从生到死，如同一个时间加速流失的沙漏。

第四章

　　吴彤的小学同学、好朋友陶姗，在 2019 年 3 月送走了全家的宝贝。这是只"又萌又丑"的法斗犬，名叫 Kobe，用的是她丈夫大头偶像的名字。2012 年，它从上海漂到北京，让这个新组建的小家更加完整。陶姗的儿子出世后，Kobe 住进了她父母家。时间和注意力被新生儿分散了，陪伴 Kobe 的时间也少了，她和大头至今对此感到无比内疚。

　　Kobe 走得毫无征兆。一个下午，它照常打盹，再也没有醒过来。陶姗一开始不敢把消息告诉快 70 岁的父亲，他重感情，很爱 Kobe。陶姗谎称 Kobe 腿不舒服，去了医院。老人执着地带着狗绳和水壶出现在她家门口，要求去探望。

　　见瞒不住，她只能说真话。老人一下坐在地上，痛哭起来。这是她第一次看到父亲如此崩溃。初尝离别的时间里，陶姗父亲两度血压飙至 200 多，被送到医院急救。抗焦虑的药物，他一连吃了两年多。此后，这个家庭默不作声地达成一条共识：避免谈论 Kobe。它的墓碑放在陶姗家的书柜上，被她用柜门挡上。

　　难过让他们无法彼此慰藉，但思念未曾停止。四个人的微信头像，至今都是 Kobe 的照片。

　　然而，宠物的离去，并不只留下单调的悲伤情绪。

一个上海女孩，在 2016 年送走了自己的金毛 Kiki。狗已经 17 岁高龄，可以说是寿终正寝。在痛苦中反复挣扎一段时间后，她告诉吴彤，自己想明白了。"Kiki 一生带给我很多东西，走的时候还给我上了一次死亡教育课，为我提前预演了多年后，要面对父母离开的事实。"并不是每个宠物都能陪伴主人十年，甚至更长的时间。

有半岁时因为遗传病去世的美国短毛猫，1 岁多时被无良兽医坑害的垂耳兔，相遇短暂，但它们的主人对它们仍旧怀有深刻的感情。

吴彤想做的，就是让这种爱有所寄托。

4. 答案是什么，重要吗？

吴彤做的墓碑，90% 是为了猫和狗。剩下的 10% 里，有兔子、仓鼠等哺乳动物，也有鹦鹉、蜥蜴、柯尔鸭、鱼等靠下蛋延续的族群，在人类的概念里"不那么高级"的生灵。

在吴彤眼里，这些动物与人类的精神交流和情感交流似乎要弱得多。她本身对鸟和鱼有种本能的恐惧和排斥，但仍旧尊重顾客们的感受。有一次，一位妻子找到她，说想为丈夫最爱的锦鲤"小白"定制一颗星球纪念品,里面装一片鱼鳞。她说,之前丈夫每天下班回家,要做的第一件事就是把手放进鱼缸里,小白就会摇摆着尾巴过来亲吻他的手指。吴彤忍不住思考:小白的行为,真的是"亲吻"吗?

类似的疑问时不时地出现。有女孩说,自家的狗,会在她哭的时候为她舔眼泪;有人说,家里的猫能读懂自己的情绪。吴彤想:动物和人之间,真能有这样的互通吗?还是人类投射了自己太多想象和情感?但答案不那么重要。对于锦鲤小白和男主人之间的情感,她不能彻底理解,但她另有想法:或许对一个上班族来说,下班后回家把手插进鱼缸,就是他这一天下来最享受、最舒适的一段时光了。

吴彤直接对接的顾客里,80% 都是女孩。她们欣赏吴彤的设计,喜欢其中蕴含的爱和温暖。她们情感细腻,愿意写下大段文字,为宠物的一生立个小传。一段短短的墓志铭,会反复推敲书写。剩下的 20% 里,吴彤印象最深的有一位"00 后"北京男孩,他的好朋友是黄色的加菲猫球球。

吴彤曾尝试上线相关的心理疏导服务,于是给顾客群发了一份问卷。收到这个男孩的问卷时,她吃了一惊。他以书面化的语言,异常认真地回复了每个问题。原来,17 岁那年,他患上了抑郁症。

她正闯入世界

快 10 岁的球球，原本对他不太热情，那段时间却老往他房间里钻，像是怕他出事。九个月后，他终于走了出来，同时迎来了自己的成人礼。球球的生命，也在这时走向了终点。

> 十年，花开花糜，日出日落。
> 变化着的是这座城市，
> 不变的是城中漂泊游荡的你我。
> 变化着的是家中陈设，
> 不变的是无处不随遇而安的那只橘猫。
> 一位老朋友，一段旧时光。
> 一个温柔而善良的精灵长眠于此。
> 谢谢你的一生，谢谢你的一切。
> 晚安。

这是他为球球写的墓志铭。

少有的几次，吴彤还为人做过墓碑。有个女孩看到吴彤店里的产品，来联系她，询问能不能为自己去世许久的家人做一个这样的墓碑。有个女孩，妈妈病逝了十几年。她想做一个小碑，上面不放照片，只刻一朵云，因为妈妈的名字里有个"云"字。收到后，她告诉吴彤，自己内心残留的伤口，好像被柔软地抹平了。

还有个女孩为爷爷做了个墓碑,想雕刻他的卡通画像,下面写了一句简单的话:"来梦里再抱抱我好吗?"确认收货一年后,她突然联系吴彤,告诉她一个小故事:某天她早起,发现奶奶在对着墓碑说话,她的内心涌起一阵温馨。

5. "我是个低情商的人"

偏偏是这样一个做着情感工作的人,却对自己有着"冷淡"的评价。

说到对小Q离开的恐惧,吴彤顿了一下,语气又重归平静,脸上看不出脆弱或悲伤。回想自己从小到大的社交生活,似乎最缺乏的就是情感连接。她家教严格,在体制内工作的母亲一直如同直升机一般,盘旋在上空,视察着她的生活。成年后,母亲仍总是在尝试掌控她的生活,小到吃水果,大到找工作。30多岁了,吴彤总觉得自己困在了青春期。她喜欢探访老建筑、老街,喜欢自由、随性,对婚姻没什么期待。她剪着利落的短发,穿着简单的背心短裤。但她是个敏感细腻的人,而这种特质隐藏在她的外表下。

吴彤甚至直言不讳地说自己"情商低",实在不适合和大多数人一样上班。在自主创业,成为宠物墓碑师之前,她只做过两份工

她正闯入世界

作。第一份是橱窗布展，在一个家族企业上班，董事长和总经理是两兄弟。还在实习期的时候，到点她立即起身走，不多留一分钟。上班没几天，她发现阳台上有跑步机，锻炼下来出了汗，径直走进董事长的专用房间淋浴。"没眼力见儿。"她自嘲了一下。后来公司经营状况直转急下，她成了必须先开掉的员工。

在旅游杂志做编辑，原本是份符合她爱好的工作，没有严苛的坐班打卡和规章制度，可以四处旅行，写稿拍照。但慢慢地，她又觉得难以忍受。出差的行程是当地旅游局设计的，没有什么自由度。一次在曼谷，她坐在车上，路过一处生活气息浓厚的街景，心里急得直痒痒，特别想下去看看。但不行，因为这里并非规划中要参观的地方。

最后吴彤还是辞了职，决定做自由职业。一开始做宠物墓碑，吴彤想得并不复杂，没有什么高远的目标，纯粹的理想，"对它的定位也不是有爱的事业，就算是养活自己的方式"。她甚至没细想自己到底能坚持多久，毕竟曾有的两份工作经历都算不上长，而她也自认不是有定力的人，"干事喜欢打一枪换一地儿"。"爱被有定力的人吸引"。在日本旅行的时，她发现有好多小馆子，夫妻俩死心塌地做着小本买卖，一辈子就只干一件事，"越缺什么，就越被什么所吸引"。

第四章

没想到的是，Q Planet 她一做就是七年。最开始，她发现这条路走得通，能养活自己，还不用上班，但渐渐地，她发现这件事有意义，带来的价值回馈也相当丰厚，这让她觉得坚持竟然不是一件那么难的事。这份职业，让她能自由伸展自己的敏感细腻。

Nomi 是吴彤的顾客里，为数不多的转成线下好友的人。她觉得吴彤不是情商低，而是"看人下菜"。她不喜欢虚假的恭维，会直接给对方泼凉水。但遇上投机的朋友，她的话匣子一下就能打开。

Nomi 和吴彤认识 20 多年，她眼里的吴彤"外冷内热、有点怪，但善良真诚"。她的"天熊"火化的那个晚上，吴彤开车来找她，见面了，一言不发地抱住了她，"那个拥抱，我想我会记一辈子。给了我太多的力量和安慰。"Nomi 告诉我，她也非常感激、信任吴彤。已经在北京落户买房的她，为了更好地照顾远在重庆老家的父母，在 2021 年暂时搬了回去。她不想让"天熊"一个人孤零零留在北京，但寄送骨灰又是一件不太可能的事。

吴彤替她四处打听，终于通过一位快递小哥，以特殊渠道把天熊带回了重庆，和亲人团聚。因此，离开北京时，Nomi 把自己喜欢的电动车"小绿龟"，郑重地托付给了吴彤保管。

6."谢谢你，我爱你"

每多一笔订单，吴彤不仅会寄出产品，还会为故事的主人公打上编号。编号进行到9205，是个看上去庞大又渺小的数字。对于全国1亿只宠物猫、犬，以及未计入统计、不胜其数的兔子、仓鼠、鸟、鱼、乌龟、蜥蜴等宠物来说，很多都消失的无足轻重，离世时悄无声息。这似乎是再正常不过的事。

体面地离开，用在人身上是那么顺理成章，但在宠物身上，容易被视作"过于隆重"。但对于吴彤的9000多位顾客以及更多人来说，宠物也是家人，它们生命的重量并不低于自己，只不过长度更短。他们不只是"主人"，更是爸爸妈妈、哥哥姐姐。他们希望家庭成员的后事，不是以随便挖个坑，或是冲入下水道，潦草敷衍地一笔带过。

在9年前，吴彤曾想过，做宠物墓碑后，和死亡打交道的次数多了，再轮到自己时，会不会就能更从容？但知易行难，从容几乎是一个不可能实现的目标。100位顾客呈现出100种悲痛。吴彤在阅读他们撰写的墓志铭时，常常忍不住掉眼泪。

有个男孩只写了一段话："毛毛，行了，别像个娘们一样没完没了的，坐下握手说再见。"看上去潇洒，背后却是不舍，一下戳中了吴彤的心。还有一对丁克的夫妻，在小狗离世后决定要孩子，寄托着这个"毛孩子"可能会以这种方式"转世"，重新加入家庭。

到现在，经过 9205 个墓碑，9205 次准备，吴彤在内心已经预演过几百次小 Q 离开的情景。但她心里清楚地知道，直至那一刻来临，自己永远无法准备到位。当初为小 Q 做的墓碑，在家里已经摆放了 8 年多。小 Q 也彻底变成了一只鹤发苍颜的"百岁老狗"。它的睡眠时间越来越长，越发不爱出门。吴彤通常会带它下楼溜达一小圈，范围局限在它熟悉的路线，只是为了大小便。

时间剥夺了小 Q 的视力和听觉，也让它在外时越发胆怯。只要一出大院，没有熟悉的气味，它会瞬间失去安全感，怕得浑身直打哆嗦。它步履缓慢，仅剩的嗅觉是它的安全感和方向感来源，吴彤需要时不时停下来等它。它的走路姿势也和老人很像，关节不好了，膝盖内翻，有点罗圈腿。但哪怕走得已经很慢，它还是会偶尔一不小心踩空，把自己吓一跳。

就像所有宠物和主人一般，小 Q 和吴彤的生命像是两个紧密相依的沙漏，但沙子的流动速度却截然不同，像是来自两个不同的时空。

初识小 Q 时，它生命的沙漏将将在底部落了几粒沙，吴彤的已

她正闯入世界

经积累了近三分之一。18 年过去，小 Q 的生命沙漏几近流空，她的却增长无多。小 Q 已经用自己超额的一生，陪伴吴彤很久了。吴彤时常会想起，它安静地倚靠着自己，专注地看向她的眼神。也会想到它仅有的"失控时刻"，因为贪嘴，看到栗子就馋，冬天还偷偷跑到阳台上啃食囤积的白菜。

如果那一天真的到来，吴彤想，自己依旧会悲痛万分。但这种悲痛也许反而是正常的。人活一世，在大多数时候，总需要付出许多，才能得到一些回馈。

但养宠物好像打破了这个比例规律，只需要付出一点金钱，一点时间，就能得到远远超出成本的珍稀礼物：一份专注的爱。吴彤也想过，会为小 Q 写下怎样的墓志铭。她想，自己写不出太多华丽的词句，唯有一句：谢谢你，我爱你。

第四章

▶ 名校留学的我，成了妈妈眼里
"书店的卖书阿姨"

不出意外的话，在研究生毕业那年，Gigi 会像身边所有的同学一样，在千军万马中脱颖而出，进入北京的大厂，过上一天两杯美式咖啡，和数据不分昼夜缠斗的日子。

但在突然之间，她厌恶了这种追逐的日子。追逐流量，追逐点击，追逐无效信息，追逐职场规则。

自过去、被搁置许久的梦想一夜间猛地苏醒了，莽撞地冲进了她的脑袋："如果我很有钱，那我就要去开个书店。"

开书店是个有点浪漫的想法，而很有钱是个遥不可及的前提。这个前提被砍掉，梦想也做了一次降级。她收拾好行李，离开了玻璃大厦林立的软件园，一路向南回到四川，在一家独立书店当起了店长。周围有支持她、觉得挺酷的朋友，但更多人——家人、好友，包括她的男朋友，还是摇摇头，觉得"实在太浪费你的能力了"。

双一流大学、英国顶尖名校硕士、互联网大厂offer……这些在人们眼里闪闪发光的凭证，也差点成了阻碍她进入书店工作的绊脚石——就连书店负责人也觉得，"你来我们这儿干有点大材小用了"。妈妈甚至把她称作"书店的卖书阿姨"。和朋友一起出去玩，结账时，朋友会说："算了，你别结账了，你工资挺少的。"

1. 成为书店的卖书阿姨

Gigi是在一个春天辞职的，离开了大厂所在的软件园。因为她是四川人，就想着回成都试试。这个决定，如同毕业时回到北京那样自然。她并不讨厌北京。大四临近毕业时，当时Gigi已经拿到了国外大学的offer，不愁找工作，趁着这个空闲期，认真地在北京晃悠了一阵。

没有压力的时候，对这座城市的感受是打开的。这里有短暂的春天，灿烂的秋天，凉荫通幽的胡同，看不完的展览和话剧。但真正到了工作的时候,她才发现,原来自己和北京的生活没有什么关系。公司所在的软件园直径两千米的范围就几乎是她生活的全部。

回到成都后,Gigi 突然拥有了大把用来生活的时间。她想起之前看到过的一句话:成都的狗,都比北京的狗跑得慢一点。"其实所有城市的狗,跑得都比北京的狗慢。"她有些想发笑,补充完整了后半句。

在北京时,生活中 90% 操心的都是工作。但回到成都后,对生活操心的比重就会变大。和家里人的关系、亲密关系、日后的规划等摆到工作之前时,她有点慌乱:北漂生活是结束了,新生活又该以什么方式开始?

当时,成都一家她很喜欢的独立书店正好在招人。Gigi 一直有一个梦想:"如果我很有钱,会去开书店。"但她也清楚,这个梦想太理想化,去书店应聘店员其实是用最少的成本去接触这件事情。面试时,她甚至不知道如何写简历,因为从来没有应聘过这样的职位。

作为一位图书爱好者,她选择以真诚的方式去和对方沟通:给老板附了一份自己的书单,还列了一份在书店买过的书单,包括一本维特根斯坦的传记和一些关于哲学的书。她想,这个做法可能还算比较有心。面试时,老板不出意外地提出"你的能力超出岗位要求"的疑问。Gigi 直接告诉老板:"我就是奔着店长的位置来的。"

面试很成功,她顺利成了妈妈眼中"书店的卖书阿姨"。

Gigi 所在书店的运营模式,主要是从出版社进一些库存书,然后以折扣价卖出去。这个方式挺成功的,他们有一次发现,成都大众点评第一名是雷打不动的新华书店,但第二名就是自家书店。

选择来书店工作,Gigi 身边的亲朋好友都不太理解。她来自四川一个小县城,好不容易考上北京的双一流大学,又在世界名校留过学,为什么会选择这样一份工作呢?

但其实,Gigi 的内心平和且喜悦。

小时候写作文的时候,她曾畅想自己 20 多岁的生活。那时,她觉得"幸福的 20 多岁",就是可以看很多喜欢的书,可以不再学讨厌的数学。真正到了这个年龄,生活却和当初期待的相差甚远。有段时间,她自我怀疑,感到很痛苦,找朋友聊天,突然想起这件小事。这个来自过去的小小心愿,再度击中了她:原来十几岁的时候,如此简单,不过是想过自己喜欢的生活罢了。来到书店后,Gigi 才感到自己的梦想,好像终于完成了。

2. 不适应环境

北京，在大众眼里，是一个充斥着机会与可能性的大都市。但 Gigi 偏偏觉得，自己在北京工作时，反而感到离"梦想"越来越远。

在英国谢菲尔德大学攻读完硕士后，Gigi 来到北京，进入短视频平台，成为一名实习生。当时她在一个内容运营部门，大厂会同时孵化很多产品。而这个部门，就是其中一个被孵化的产品。

其实在投简历时，Gigi 本想进入平台的最主流业务。她研究生读的是数字媒体与社会学，论文是关注土味文化、亚文化的研究。她觉得自己的专业和公司很对口，但最终还是被分配到一个信息流产品中。工作岗位性质决定工作内容是"搬砖式"的。Gigi 很无奈很琐碎的信息每天都充斥着她的生活，如同必须呼吸的空气里，满是大颗粒的尘埃。但她必须要呼吸，必须要好好地完成这份工作。部门领导每天衡量员工的标准就是点击率，流量至上。

她觉得这跟自己一直以来相信的那些东西，一直以来的驱动力都是相反的——呈现在人们面前的，究竟应该是满足猎奇和娱乐的但无意义的内容，还是有价值的信息？

公司的氛围也挺让她窒息。她所在的部门有一次组织团建,去的是一个大型密室基地。游戏规则是,大家分成不同的组,以组为单位做游戏赢取积分,兑换奖品。Gigi 并不太在意这个规则,想着好好玩就行了,毕竟那个基地如果自己报名的话需要花三四百元,而且确实很多项目都很好玩。但她却发现组里有很大一部分的人,他们会去把很容易得分,但是很无聊的项目重复做,甚至插队也要一直做,特别注重结果导向,如同在工作里一般。

Gigi 有些难以忍受,就自己去玩了,但同事们多少会觉得她没有集体感,不太团结。"平时明明都是不太熟的同事,这时候硬要变成一个组,还要有荣誉感。"Gigi 在心底摇了摇头。但最让她忍受不了的,还是自己当时的直系领导。那是一个简历好看,有丰富工作经验,无比自信的男人。他对所有的女实习生,尤其是好看的女员工都会有骚扰行为。这个人 40 多岁了,已经结婚生子。

在 Gigi 眼里,"他就像是站在风口上的猪,在互联网高速扩展的时期进入行业,有了一席之地,为此总在卖弄,认为高人一等"。平时,他不仅爱自吹自擂,还老向下属吹嘘自己老婆厉害。但是,他就这样一边吹嘘着自己的老婆,一边给女实习生发暧昧信息。Gigi 有位叫小微的同事,就曾经收到他的暗示信息:别这么辛苦了,我可以包养你。小微果断拒绝了他。他也不恼,半威胁、半炫耀地向她发送了一条这样的信息:"你知道吗?咱们组的小 A 就比你聪

第四章

明。"意思就是如果接受他,就是聪明、前途光明的小 A;不接受他,就是普通的、前路艰辛的小微。

Gigi 也没能逃过这种无处不在的骚扰性"试探"。她去食堂吃饭,被他偷偷拍下,光明正大地把这张照片传给她,配上诸如"今天穿得真好看"之类看似夸赞的话语。这层欣赏的外衣是如此脆弱,让人一眼就能看穿包裹在内的、带刺的轻薄。但对他来说,给 Gigi 发暧昧信息,就像打招呼一样自然。在这个环境里,Gigi 每天都感到特别压抑。

不久后她听说,被骚扰的小微,转去了另外一个部门。即便如此,小微留下的决心并未动摇,她几乎每天都鼓励 Gigi:"我们一起努力,一定能转正。"似乎每个人心里想的都是要转正,如果不是,可能会被认为"疯了"。

小微和 Gigi 聊天时,讲到自己有个"不正常的学姐"。她很聪明,有份很好的工作,但却选择跟着男朋友去了云南某市,找了一份"不太好"的工作。"她简直是疯了,生活在堕落。"小微评价道。Gigi 没有附和,却说出了自己真实的想法:"大家的生命不是非得完全在一条路上。"

没过一阵子,Gigi 也成了和这位学姐一样"离经叛道"的人,也许前同事们会在茶余饭后谈起她，议论一阵，再摇摇头惋惜。"但这又能怎样？我知道我想要什么。"

3. 在书店里，遇到治愈的客人

书店的工作，从时长来看，并不清闲。

周末单休，轮班制，Gigi 和另外三名店员要轮流上早班、晚班和通班。早班是和大多数上班族一样的"朝九晚五"，晚班从下午 2 点开始到晚上 10 点。通班最辛苦，从上午 11 点上到闭店，整整 11 个小时。

这个时间安排，和北京也相差无几——披星而归是常态。但这里是成都，没有劳顿的通勤，有足够留给生活的时间；而书店的工作，在精神上也是一种放松。

Gigi 在书店的工作没有绩效考核，任务就是整理书架、接待客人，闲暇时间还能读喜欢的书。和目前大多数书店一样，光靠卖书不够，还需卖咖啡。这家书店有个专门的饮品区，Gigi 的另一项工作内容就是做咖啡。为此，她接受了专业的咖啡培训，还学会了拉花。

第四章

"这种生活简直太棒了,竟然免费学会了做咖啡!"她在心底里欢呼。但最有意思的还是在书店工作的一年里,经常遇到各式各样有趣的客人。

她看到过戴着工人帽的工人在书店选书,最后选了一本林达的《扫起落叶好过冬》,这是一本讲美国民主的书。

外卖小哥穿着制服来逛书店,她看到觉得好奇,骑手不都是分秒必争地抢单、送单吗?于是问他:"你送订单还有时间来看书呀?"他答道:"上一单送完了,还能一天都在送单吗?"七八十岁的老奶奶,过来询问有没有渡边淳一的书。客人们也经常慷慨地送 Gigi 礼物和小吃。有个客人带着一只手掌大的红毛猩猩玩偶逛书店,Gigi 夸它可爱,客人就直接把它送给了她。还有个客人拿着鱼皮花生吃,Gigi 说,"你这个看起来好好吃呀",客人马上从包里掏出一包送她。

在这里,Gigi 感到自己离每一个人、每一种生活都很近。

当然,还有一些带着稀奇古怪要求的客人,他们不是来买书,而是来问有没有地图、有没有手机贴膜、卖不卖奶茶……Gigi 还碰到过一位从美国回来的客人,穿得很体面,看上去并不差钱。但他拿起书,第一件事是看标价,边看边啧啧说贵。"书店的书真的已经很便宜了,但仍比购物网站上贵个两三元。"实体店价格只比网店贵个两三元,这能叫贵吗?Gigi 不太理解。看他选的书,明明他是一个很有品位、很爱读书的人。但他就是觉得贵。回国之后,他发现国内有许多电商平台,书的价格都很低,他之前不知道网上买东西这么实惠,觉得自己花了很多冤枉钱。他会比价,说"这本书在网店上也就卖个 24 元,你们书店卖 27 元"。最后他对 Gigi 说了一句,"行,就让你们书店赚个 3 元。"

白天的客人经常是一些自由职业者,还有一些学者、编辑、译者等,晚上会有周边的一些居民下了班之后带着小孩过来看书。

书店的老板也很有趣。

Gigi 特别喜欢一部名为《布莱克书店》的英剧。故事里,布莱克书店脏乱不堪,营业时间随老板伯纳的心情而定。伯纳则是个每天蓬头垢面,烟酒不离手的男人,在全伦敦都出了名的荒唐、脾气臭。想下班关门了,就拿着扩音器大喊,用扫帚赶走客人。

Gigi 的老板倒不至于如此,但偶尔"臭脸"的时候会有伯纳的影子——比如老有客人问,"会员有没有折上折",或者"节日会不会有特别的打折活动"时,老板的脸色立即肉眼可见的变得阴沉沉。而此时,Gigi 会轻松地上去打圆场:"羊毛出在羊身上,要还能做节日折扣,那就说明平时的折扣不够低呀。"

在书店的日子,也是 Gigi 人生中看书最密集的一段时间。在北京没有心力翻开读完的大部头,终于有时间拾起来,甚至连《尤利西斯》都读起来了。

在这个小小的书店,短短一年的时间里,Gigi 品到了人生百态。书里有,生活里也有。

闲暇时候,Gigi 最爱去的地方,是成都有名的老社区——玉林社区。这里以"烟火气"著称,道路细密,街区狭小,车在这里只能开得很慢,路边挤满了餐馆的露天桌椅和叫卖水果小吃的小商贩。许多小区不关大门,不设围墙,书店、茶馆、理发店、麻将馆、老年活动中心……秋天的成都多雨,云大哭一场,砸落满地桂花,空气里都是幽香四溢的凉爽。Gigi 喜欢在这里散步,瞅瞅路边的老人下围棋,偶尔会蹦出只自由的猫咪拦路,对着她露肚皮。

在成都,Gigi 感觉自己学会了"正常生活"。

曾经,Gigi 和大多数人一样,把"北京"当作参照物。很多人在网络上看到的"光鲜亮丽"的生活,都是一线城市的生活,他们会将自己的生活、选择跟一线城市比,但其实,很多人的生活跟一线城市没什么关系,大部分人生活在二三线城市,甚至是十八线城市。但现在,Gigi 已经不把北京当参照物了,她的参照物是一座"正常的城市"——是大多数人生活的、更常见的、更平常的城市。

Gigi 也想过,能在书店工作一辈子吗?可能并不会,她有再"卷一卷"的念头,有对新的工作可能性的期待,也有对生活秩序的需求。但这段经历,让她体内一部分感受已经苏醒:这个世界似乎有一个约定俗成的价值观,就是你要为我们的世界做些什么,你要活得有"意义"。所以要"能者多劳",博士就要去做研究,高学历人才就要考公务员,留学归来就要去大厂发光发热……她想,"但到底是谁来定义我们人生的意义呢?"

作为个体,她现在能肯定地说,"我可以定义自己人生的意义"。

第四章

▶ 盲人女孩：反叛写定的命运，在大厂做测试工程师

如果将出身起点比作楼层，飞溪或许算是出生在地下室的女孩。在重男轻女的原生家庭，超生的她是那个"多余的女儿"，为了躲避罚款，她幼年就要东躲西藏。失明更像是一记重拳，击打在她本就脆弱的童年生活。

在一手烂牌面前，拥有体面的生活，仿佛已经成了一项不可能完成的艰巨任务，或是一种过于奢侈的期待。但命运总会朝更坚韧勇敢的人点头。走出浙江农村，去上海念书，再到北京读大学，留在北京工作，飞溪每一步都走得艰难。

作为一位年轻的残障女性，未来仍有无数的不确定性，随时都会有意外发生。但飞溪清晰地知道：当自己选择离开那条传统又安

她正闯入世界

全的道路后，只能想方设法向前走。

1."听声"过日子

飞溪的日子，是靠"听"度过的。每天早上，她将从自己的住所，一栋位于北京南二环的公寓出发，通过辨别客流声、汽车喇叭声，顺着盲道坐上地铁，穿越半个北京到达工位。

早上 10 点，飞溪开始准时"听"工作。她的双手飞快地在电脑或者手机屏幕上操作，辅助读屏工具会以健全人理解不了的飞快语速，像是"黑话"一般，发出一连串的"哦哦哦"声。

有时候飞溪会反复听某段"黑话"，然后通过读屏软件辅助键盘，将自己的建议写下来——少部分时候是肯定这段操作没问题，大部分时候则是要告诉研发人员，"这个功能不行"，"不符合视障人士的使用习惯"，然后再按照视障人士的操作习惯，提出修改建议。

27 岁的飞溪是某家互联网大厂一名无障碍测试工程师，她的工作是帮助产品做无障碍适配。无障碍测试，顾名思义，就是帮助测试产品，方便各类用户包括老年化、视障、听障在内的用户能无

第四章

障碍使用产品。

截至 2019 年,中国视力障碍的人数高达 1731 万。这意味着每 80 个人中,就有一名无法视物的视障患者。他们无法像普通人一样使用智能产品,或享受生活中科技带来的便利。有许多公司发现这个状况,开始为残障人士提供服务。但无论是智能硬件、设备,还是软件,开发者大多是"明眼人"。

两个群体的生活鲜有交集,生活的习惯大相径庭,获取信息的方式不同,导致彼此之间存在着深深的隔阂。比如新冠疫情期间,独居的飞溪遇到了巨大难题。飞溪通过网购来买菜和囤物资,尽管每次都标注上了"我是视障患者,一定要把外卖交到我手上"。可外卖的设计者、送餐小哥均是明眼人,忽视了独居视障用户的生活习惯,总是将外卖挂在附近的收发点,拍一张照片"告知"位置后,就去往了下一个客户家中。

"我就是因为看不见才叫他们送到我手中",飞溪苦笑。这样的事情在生活中还有很多。所以飞溪的责任,就是做双方的"翻译者",帮助彼此连接起来。目前市面上的一些无障碍产品,在推向市场之前的测试阶段,均有她的身影。

她正闯入世界

2. 生于重男轻女家庭的残障女孩

在北京有一份工作，对许多人来说或许还容易。但对飞溪来说，已是度过九九八十一难，才能拥有的幸福生活。"你知道的，这个社会对残障人并不那么友好"，她指了指自己的眼睛说，自己像闯关打怪一样，历经千辛才走到这步。她说的并不夸张。

1995年，飞溪生于浙江衢州一个重男轻女的农村里，她出生之前，父母已经有一个儿子了。根据规定，如果家里头胎是男孩，便不允许再生，不然属于"超生"，需要缴纳巨额的罚款。但父母还是执意要生下她。为躲避罚款，母亲自怀孕伊始就一直在外地亲戚家躲藏。3岁之前飞溪没回过老家，也没叫过亲生母亲"妈妈"。

1岁那年，因视力缺陷，飞溪表现出一些和同龄儿童不同的举动时，家人意识到"这个孩子似乎有点不对劲"。跑遍了周围的小诊所、医院，都没有得出结果，母亲咬着牙，带着她踏上了求医道路。县城里的医院给不出答案，只告诉母亲"你女儿视力有问题"，建议她们"去大城市看看"。

母亲咬牙借了钱，带着飞溪去了省会杭州。在杭州的三甲医院，飞溪终于确诊了病因：先天性视网膜色素变性。这是一个高度遗传疾病，患者会逐渐视力模糊，直至失明。而这个病，当前的医

第四章

疗手段无法治疗，也意味着年仅1岁的飞溪终将成为盲人。

她的母亲还记得，确诊那天，医生仔细问了夫妻两人的工作。得知飞溪父母以务农为生，家里重男轻女，且还有一个健康的儿子后，便小心翼翼地问她母亲："有买票钱回家吗？"医生甚至还自掏腰包带这位母亲去食堂打了一份饭。

"现在想来，那个医生是担心我父母把我扔了吧。"飞溪说。医生的担心不无道理。彼时医院门口常有被遗弃的女婴，大多是残疾或身患疾病。庆幸的是，飞溪的父母没有放弃她。

3岁那年，随着飞溪眼疾恶化，母亲带着飞溪回到了老家，变卖了全部家当缴纳罚款。随后将她交给爷爷奶奶，去外地做生意谋生。她听进去了主治医生的建议："停止种地，找一份赚钱的行当，好好给孩子存够钱，保证她衣食无忧。"

父母临行前，考虑到爷爷奶奶年长，担心二人无法尽心照顾两个孩子，夫妻俩将刚过10岁的儿子托付给了远房亲戚照顾。这一决定让周围许多人不解。在重男轻女的乡村，如果说女孩这个身份是"原罪"，那"视障女孩"就等于宣告了人生的死刑，"为什么还要把健康的男娃娃送走呢？"妈妈没有回答，头也不回地去了外地。

她正闯入世界

3. 苛刻的爱

　　尽管结束了奔波生活，有亲人的照顾，飞溪的童年还是充满了阴霾。同周围的健全孩子相比，视力微弱的飞溪像是"异类"。为此她饱受同龄人的歧视、嘲笑乃至霸凌。幼儿园里老师讲绘本，教室里光线不足，她看不见上面的图画，只能等下课了跑到室外，借助光线勉强分辨，周围则会围绕着一群小孩子嘲笑她是"瞎子"。有时候村子里调皮的孩子也会故意捉弄她，将掉在地上的食物捡起来哄骗她吃。

　　"我只是眼睛不好，又不是脑子不好"，虽然飞溪总能识破这些小伎俩并拒绝，但同村的孩子做此恶剧依旧乐此不疲。

　　在家里，她也处处受到管制。幼儿园阶段正是小孩子人生中最重要的模仿期，他们会通过观察、模仿成人的动作进行社会化的改造。但那时候飞溪视力日渐消失，难以观察到周围人的精细动作，时常会出现一些"怪异"的行为，比如逛超市时会凑近了查看，有时还会直接伸手摸索通过触感来辨别产品。

　　这些与众不同的动作，总会得到周围人或打量或同情的眼光，以及议论。

第四章

家人们受不了周围人异样的眼光,也担心飞溪被流言蜚语影响,给她制定了严苛的生活要求,让她像"正常人"一样生活。吃饭时,不准她问"那是什么菜",走路时,不许她伸出脚探路。后来她视力只剩光感后,家人担心她受到外界的伤害,要求她"尽量待在房间里、别见人"。

"或许他们觉得只要我表现得像个明眼人,就不会被议论",但那时飞溪是迷茫的,她不知道自己到底做错了什么,为何永远都不能让家人满意,为何永远不能大大方方见人。

就像她不明白,那时父母为何总是争吵。飞溪的父母是相亲认识,结婚之前没有深厚的感情基础,原本就打打闹闹过日子,在飞溪诊断出眼疾后,二人的关系更差了。双方会直接在飞溪面前吵架、互相揭短,也会直接将家庭不幸怪在飞溪的身上。

飞溪那时年幼,只能从父母口中隐隐感觉,"是自己的原因导致家庭不幸福"。在这样的环境下,她养成了敏感的性格。以至于后来父母感情濒临破碎,母亲将全部的感情投射到了为飞溪治疗眼睛上,偏执地一次次带她去治疗眼睛又一次次失望时,她也不敢反抗,"生怕妈妈不开心"。

医院是失明之前,飞溪去的最多的地方,也是她记忆里印象最深的地方。"毫不夸张地说，我6岁失明以前全部的记忆就是医院、打针。"这也让她对医院产生了恐惧，"那时候想着母亲高兴一点就好"。就在所有人操心这个视障女孩未来何去何从时，转机发生了。

4. 逃脱命运的墙

6岁那年，飞溪幼儿园毕业。因视力问题，周围小学都不愿意接收她。按照惯例，她的教育生涯将在这一年终结，等到一定年龄后被送去县城学一门手艺便算是有出路了，这也是乡村许许多多残障人士的归途。但妈妈却做了一个不同寻常的决定。她经由朋友介绍知道"上海有专门的盲人学校，教视障孩子文化"，决定送飞溪去上海，到盲校读书。

上海盲校创建于20世纪50年代，是国内第二所盲校，并在长达半个世纪的办学过程中针对不同年龄、不同情况的视障孩童形成了系统教育，许多盲校生接受了教育之后，能过上相对体面的生活。但这个计划遭到了爷爷的强烈反对，在他看来，"女娃儿眼睛不好，去上海干吗？不如养在家里，等到一定年龄了，在附近找个人家嫁出去，离家近，以后受欺负了还有人撑腰"。爷爷一辈子都生活在乡村，这也是他能想到的乡村残障女性的最好出路。

第四章

双方为了飞溪的未来争执不下,最后母亲和爷爷大吵一架,以近乎决绝的方式带走了飞溪,将6岁的她送去了上海盲校。若干年后,飞溪一直很感谢母亲当年的决定。她坦言,正是因为接受了教育,才得以逃脱命运的围墙,而不是被困在乡村天地中,度过此生。

不过6岁那年,她并不能理解母亲的良苦用心。盲校大部分生源为上海当地人,除上课时使用普通话外,日常生活中大部分习惯用上海话交流。而初来上海的飞溪既不会说上海话,普通话也夹杂着浓浓的乡音,语言不通的她交不到朋友,还时常遭到嘲笑。

在学业上也不顺遂。她学习的是琵琶弹奏,和常人学琵琶不同,盲生看不到琵琶乐谱,所以学手法时得老师手把手一点点教,然后日复一日训练,直到手指磨破、形成肌肉记忆才算上道。但训练肌肉记忆的过程枯燥又苦楚,常常是一群孩子训练着、训练着就哭了。在别的小朋友周末都可以回家时,她只有寒暑假才能回家。而平日里,母亲则因为要赚钱,为她支付学音乐的高昂学费和寄宿亲戚家的费用,也很少有机会来看她。

孤独和恐惧包裹着飞溪。在最开始的时间里,她无时无刻都想回家,深夜躲在被子里哭,直到两个月后,她才逐渐适应盲校的生活。

她正闯入世界

随着对学校越来越熟悉，飞溪也渐渐发掘出了自己在音乐上的天赋。她因演奏琵琶出色，还被选派去参加比赛、表演，还会有许多同学请教她如何弹琴。这是她在乡下时从没得到过的待遇。得知飞溪登台后，一直反对她来上海的爷爷，也表达了肯定，"来这里是对的"。

飞溪则意识到，自己的身体或许不健全，但并不代表比别人差。因此学校找到飞溪，打算让她练习田径，以运动员身份参与全国残奥会时，她毫不犹豫地同意了。16岁那年，身高1.6米的飞溪以运动员身份拿下了全国残奥会的奖牌，并获得了一笔奖金。站在领奖台上，她想，"好像能做的事情还有很多"。

但现实却不给她机会。盲校是九年制义务教育，如果再要往上读，必须得是上海户口。因没有上海户口，飞溪只能被迫失学参加工作了。没文凭、未成年，摆在飞溪眼前的路很有限：要么做运动员，要么去残疾人艺术团，总之不能做学生了。"运动员太损伤身体，不利于我以后继续学音乐"，思索之下，飞溪加入了北京的残疾人艺术团，开始了北漂生活。

第四章

5. 考上大学，养活自己

开始北漂赚钱的时候，飞溪只有 16 岁。不过没有人觉得这不合理，毕竟对于残障人士来说，这已是最好的出路了——艺术团工作包吃包住，会给演员们发工资，生活相对体面又稳定，风吹不着雨淋不着，有生活老师照顾，还能长见识。飞溪就因随团演出，去了不少地方，甚至还去过国外登台表演。但这段时间发生的一件事，却让飞溪产生了"叛逆"的想法。

彼时残疾人艺术团和北京一所重点学校达成了合作，选派团队接受过文化教育的年轻人去学习。不过，因为学校采用投屏、视障生看不到课件、盲文书写时声音巨大等原因，这个尝试仅两个月就宣告结束。但"读书"这个想法，在飞溪的脑子里扎根了。

恰好这一年北京联合大学开办了特殊教育学院音乐学专业，采用单考单招的方式在全国内招收视力有残疾的学生。飞溪决定去考大学，"那时候没想过未来，就想去读书、有个文凭看看有没有其他的出路"。至于怕？飞溪摇摇头，"大不了还回艺术团工作"。这个决定，得到了身边所有人的支持，随后飞溪辞去了艺术团的工作，专心备考。团长则告诉她，"你随时可以回来"。

这也是飞溪觉得自己幸运的地方，"虽然从小视障，但从来没

她正闯入世界

有人跟我说过不可以做什么事情,大家都在支持我"。

经过一段时间艰难的复习,18岁那年,飞溪成了北京联合大学特殊教育学院音乐学专业的本科生。很快,飞溪就感受到了大学带来的尊严感和满足感,这是此前从未有过的感受。

进入大学之后,飞溪主修钢琴调律,日常会去做上门调琴服务。由于有一手琵琶才艺,和艺术团良好的关系,加上姣好的面容,她也经常会去兼职演出。靠着这些兼职,她一个月能有几千元收入,在学生时代这已属于巨款,她一定程度上实现了"自由",也让她更加笃定"自己不比任何人差"。

飞溪如同所有热爱生活的小姑娘一样,也尽力享受着大学生活。她学会了穿搭、化妆、和同学们去了许多地方旅游。她曾在四川西部海拔超过4600米的稻城亚丁,徒步8小时,留下了照片和回忆。直到现在谈起那段时间,她还是很得意,"身边人都靠家里给生活费,我靠自己赚钱生活"。

而她,也在大学找到了新的生活方向。彼时正值创业浪潮高涨之际,北京中关村里挤满了将乔布斯奉为偶像、誓要用科技改变世界的年轻人。他们聚在一起,讨论如何利用迅猛发展的互联网技术,改变弱势群体的生活方式,并开始关注残障群体的生活。

第四章

互联网也给予了许多残障人士表达的机会，许多传统语境中被忽视的弱势群体也开始发声。

飞溪接触到了无障碍测试员这个概念，即通过帮助一些机构进行产品的无障碍测试，来帮助像自己一样的残障人士获得便利生活，她还萌发了"要帮助更多和自己一样的视障群体"的想法，并凭借着深处北京的优势，参与了许多社会活动，积极推动无障碍事业发展。

"那时候我觉得生活好美好，也觉得自己和正常人没什么区别"，怀着对生活的期待，飞溪迎来了毕业季。但到了找工作时，"歧视"出现了。

6. 无处不在的歧视

关于毕业季的记忆，飞溪坦言并不美好，甚至苦涩万分。毕业后，飞溪面临留北京，还是回苏浙沪的选择。从内心来说，她在北京生活多年，对这座城市更熟悉，更想留下来，但现实却很残酷。

毕业季，飞溪投递了许多简历，都是一些她笃定自己能胜任的岗位。她也凭借自己的简历和经历，获得了许多面试机会，但当她和人力资源沟通自己视力有问题时,无论事先和对方聊得多么投机,对方都会静默一会儿后说出"抱歉"。

很长一段时间里,飞溪都找不到合适的工作。就在这时,母亲打来电话,劝她回家结婚。飞溪感受到了巨大的悲凉,母亲言下之意,似乎是不相信自己能在外面活得很好。"自己读了这么多年书,在母亲眼里,还是得靠结婚证明自己的价值。"飞溪意识到,如果自己回家,这么多年的努力都白费了。她下定决心不回去。

但北京也不是那么好留。找不到工作的很长一段时间里,飞溪只能通过兼职养活自己。她渐渐发现了生活残酷的一面:自己生活在象牙塔里无忧无虑,没有直面生活的压力,如今真要靠这些养活自己,实在有些力不从心。

就以租房来说,从学校毕业后,飞溪需要租房。虽然从6岁就离家生活,但学校和乐团都有宿舍,飞溪从未真正意义上独自一人生活过。

她遭遇了许多常人无法想象的困难。比如同是因为囊中羞涩,居住偏远的房子,住了没两天,飞溪就遇到了不怀好意的男人询问,"你看不见?你一个人住?"还有的自告奋勇要去她的居所帮忙,吓得飞溪赶紧退租搬走。

第四章

为了安全起见,她不得不支付更高的租金,在二环边一栋带有电梯的商住楼里落脚。代价则是高昂的房租,这也导致她经济上更加捉襟见肘。

在她为钱所困、打算接更多兼职时,才发现"好多活轮不到自己了"——以往她住在学校里,不愁生活费,接的多是熟人推荐的兼职,偶尔比较偏远的兼职也会让朋友陪自己去;当她真为钱工作时,才发现比自己想的严峻得多,"去陌生人家里会危险,总不能次次让朋友陪同吧?""而且自己收费不低,效率赶不上明眼人,人家为什么要用自己呢?"

那一段时间,飞溪觉得自己回到了最初的原点,"读了这么多年的书又怎么样?还是找不到工作,反抗不了命运"。加上此时母亲和父亲彻底分离,将所有的关注倾注到了她身上,见她迟迟没有找到工作,于是劝她回家结婚,"有个人照顾总是好的",同时又继续固执地寻找偏方让她治疗眼睛,坚信"眼睛治疗好了,生活就会好了"。

诸多压力之下,她同母亲爆发了激烈的争吵,也被诊疗出了抑郁症。但她头一次反驳了母亲,"你结婚后生活得很好吗?"母亲在那头沉默。

她正闯入世界

7. 成为无障碍测试员

在抑郁、焦虑的反复煎熬中，飞溪终于找到了工作。严格说来，是"捡漏"了一份工作。某次，她通过微信发现大学参与社会活动时认识的某位朋友，和她之前投递过的"无障碍测试员"岗位的 HR 是朋友，在熟人的牵线下，她终于拿到了面试机会，最终拿下了面试岗位，负责给公司研发的智能机器人做无障碍测试。

彼时无障碍研发在中国方才兴起，尽管中国有超过 1700 万视障患者，但因投入高、盈利少，市场上鲜有公司涉足相关领域。谁也不知道无障碍测试员岗位的未来在哪里、有多大价值、能持续多久……这些未知也体现在飞溪的薪资上，"到手付完房租后就剩不了什么了"。

不过这份工作也意味着新开始，飞溪愉快地签下了合同，成了一名无障碍测试员。这是飞溪第一份工作，在这份工作里，她获得了远超以往的尊重，治愈了她的内心。

她的上司，是一个细心的中年大姐，得知飞溪收入不高、需要做调音师赚钱补贴家用时，为了顾及飞溪的面子，便让家人假扮客户请飞溪上门调音。她的同事们，也很尊重她作为一名无障碍测试员的专业。

就在她以为生活越来越好时，没想到公司因为业务调整，暂停了机器人研发，这也意味着飞溪"失业"了。好在这次在上司的帮助下，她又以兼职的身份参与了许多无障碍产品的开发。"市面上几乎所有的产品，都有我的身影"，她自豪地说。

但另一方面，她又是悲观的，她清楚地知道，自己职场的天花板比"明眼人"要低得多。哪怕她如今参与过市面上绝大部分主流的软硬件的无障碍测试，可还是生活在"随时可能失业"的恐惧中；另一方面，她也得不到"完全的"尊重。

2022年，飞溪进入北京一家互联网大厂做无障碍测试员，但只拿到了"外包"的身份，工资也远低于互联网公司的平均数。公司也没有专门无障碍设施，她要花很久时间才能熟悉园区。"不过能有工作，已经是进步了"，她安慰自己，"像我工作的大厂，已经有盲道了，未来肯定越来越好"。

8. 同命运和解

相比于看得到未来的工作，面对另一些"无法回避"的话题时，飞溪就显得悲观得多了。婚恋就是其中之一。

她正闯入世界

"残障女性面临的婚恋现实残酷得多。"她见过太多例子。在飞溪身边,不乏视障男性同明眼人女性结合的组合,或者男性全盲和女性弱视的组合,"总体来说男性的残障程度都比女性高很多"。而性别调转过来,在视障人士的婚姻中,几乎没有女性比男性视障更严重的,"就算全盲男人,也看不上全盲女人"。

偶尔有健全男性和残障女性谈恋爱,"或许是出自家庭的压力,又或许是出于面子的观念,大家的关系仅止步于恋爱,鲜少有步入婚姻的"。还有不少男性会围猎残障女性,获得心理上的满足感。这也导致残障女性在婚恋市场上处于自卑、弱势的地位,"似乎在外人眼里,我们残障女性只能被介绍给'更差'的男性"。飞溪说。

相亲经历也让飞溪感到痛苦。20多岁时,家人给她介绍了一个30多岁、因脑瘫生活不太能自理的人。而她本科学历、会弹钢琴和琵琶、在北京有份体面工作……这些条件都被硬生生忽视掉了,她在介绍人眼里,只不过是个"盲女"而已,只能向下匹配。为此,飞溪没少和家里人争吵,甚至很久不回家,和家人逐渐疏离。

做无障碍测试工程师的这几年里,和各种人交道打多了,她也有了新的想法。比如,谅解母亲与自己,解开心里的那些一度拧死的结。"我妈妈是一个很传统的女人",飞溪说。正是因为母亲的传统，所以没有抛弃她，而是像老黄牛一样，承担起了家庭重任，像老黄牛一样，榨干自己为女儿治病、为儿子买房。固执地让飞溪去治疗眼睛，想让飞溪结婚，这真的只是一个只有小学文化的母亲本能地为女儿打算的结果，"她一辈子都过这样的生活，有什么办法呢？"

她同母亲讲述了自己的害怕，她总是想起父母的争吵，担心这样的不幸会代际传递，担心自己和母亲一样在婚姻里不幸。母亲从最开始的据理力争，到如今已经默认了飞溪的看法，"或许是她要照顾哥哥的孩子"，又或许是彻底离婚后，母亲开始有了自我生活，总之，现在不再围着飞溪转了。飞溪感受到了短暂的自由。

关于爱情和婚姻，飞溪仍旧有幻想。但眼前的生活，更值得好好过。

她正闯入世界

▶ 车祸失明后，
　她成了"眼睛会发光"的义眼师

九年前，一场车祸断送了一名年轻舞者的职业生涯。

这个叫昕瞳的女孩，不得不开始习惯一个全新的世界：右眼失去光明，留下一侧虚无的空洞。空间感失序了，远的和近的都变得模糊，一不留神就会撞到桌子、门框；立体感降维了，她需要费力地左顾右盼，补全视野的盲区。

为了掩盖面部的残缺，她需要戴上义眼——一种填补在眼眶里的义肢，它无法产生视觉，只能起到修复外貌的作用。尽管看上去，昕瞳的两只眼睛是相似的深棕色，淡蓝色的眼白上如枝蔓般延展的血丝也相差无异，但右眼远比它左边的"邻居"笨拙。在失去右眼的第七年，昕瞳决定辞去舞蹈老师的工作，成为一名义眼师。

第四章

她为许多人做好一只相似度达到百分之九十的逼真义眼,也为自己做过一只会放射彩色亮光、放大残缺的假眼。昕瞳修补眼睛,也修补因残缺而碎掉的心。

1. 创造一只新的眼睛

像一只蝴蝶般,昕瞳在长桌间流连。

查看手机上顾客的问询,招呼预约到访的客人,翻阅相机记录的顾客眼部情况,拿取各式各样的义眼片。更多时候,她需要把自己牢牢钉在工作台前,打磨一块如眼一般的椭圆形材料,用笔一层层勾勒虹膜精巧的纹路。将二者用机器组装在一起后,再细细勾画眼白上的红血丝,最后进行抛光。

一道道工序复杂,她一坐就是近 10 个小时,常常肩颈酸痛。窗外,也从洒满阳光的白天,轮转到暖光铺桌的深夜。两张长桌紧靠着白墙放置,上面整齐地码放着做义眼的工具——镊子、剪刀、毛笔、颜料和材料……还有整齐码放着的,大小不一、深浅错落的义眼。这就是昕瞳的工作台。

昕瞳体态清瘦,头发用抓夹挽起,身穿一件宽松的蓝色衬衫,

她正闯入世界

瑜伽裤包裹着流畅修长的腿部线条,那是长年舞蹈留下的痕迹。咖灰色的工作围裙上,印着"悦瞳清眸"四个小字——这是她义眼工作室的名字。

这家小巧而明净的工作室,位于北京亦庄的一栋公寓里,紧邻着赫赫有名的北京同仁眼科医院。每一天,来自各地的人们如同迁徙的候鸟般聚拢在这里,解决"眼睛的问题"。可能是诸如青光眼、眼部肿瘤、视网膜脱落之类的疾病,也可能是一场事故造成的外伤。

在最差的情况下,为了保住好眼和生命健康,"坏眼"不得不摘除。这是一项让医生感到无可奈何的破坏性手术。迎接患者的,将是异于常人的面貌,和一个不再完整的视觉世界。病痛的折磨,残缺的苦楚,像一位不受欢迎却偏要长久停驻的客人,扰乱单眼者的心情和生活。

昕瞳接待过一位5岁的小男孩,刚来的时候,他躲在母亲身后,一副担惊受怕的样子。因为眼癌,经过一段时间的化疗,他的一只眼球被摘除,藏在白色的无菌纱布后面。治疗的过程很痛苦,男孩变得敏感,见到穿着白大褂的医生就会害怕得哇哇大哭。为了仔细观察,昕瞳轻轻用手触碰他的眼睛,他如触电般躲闪、抵抗,忍不住哭了出来。哭完后,他又懂事地解释:"阿姨,我不痛,我只是害怕。"还有个来自山西的 8 岁女孩,她小心翼翼地问昕瞳:"阿姨,你觉得我好看吗?"昕瞳温柔地回答她:"我觉得你特别美。"女孩低落地告诉她,班上的同学总说她的眼睛奇怪,"说我很丑"。

年轻人、中年人、老人……许多人在刚到访的时候,无一例外垂着头,躲避着对视,有的女孩还会特地用头发遮掩眼部的空洞。她们害怕被人盯着看,这仿佛是一种"残缺提示"。对于失去一只眼睛的人们来说,那个视角宽广的世界无法修复,丢失的半片光明也无法拾回,但面部的缺陷却有修补的空间。

昕瞳就是那个"修补"的人。作为义眼师,她要做的,就是根据到访者的眼部情况,制作出一只逼真的假眼。昕瞳把义眼称作"大美瞳",这是个听起来轻松、有温度的名字。佩戴方式也类似,撑开眼睑,将义眼放置进去,自然贴合后,再眨眼,凹陷便被填补好。昕瞳制作的义眼透亮、层次分明,能自然转动,几乎与真眼无异。

那个起初战战兢兢的小男孩,在戴上昕瞳为他制作的义眼片后,对着镜子快乐地大喊:"谢谢魔镜,让我的眼睛回来了!"他误以为这场奇妙的变化来自于旁边镜子的魔力,于是想把它带走。而真正拥有"恢复魔法"的人——昕瞳,欣然把镜子送给了他。而起

她正闯入世界

初担心自己不好看的小女孩,这场魔法的另一位亲临者,一字一顿地感谢昕瞳:"我戴上这个义眼片之后,觉得好好看,非常亮,而且凉凉的好舒服,和我的眼睛一模一样。"这样的反应,昕瞳见到过太多,但每一次都能唤醒她快乐的情感。谈起来,好像就正在眼前发生,让她的脸如同被点亮般闪烁。

工作室成立的一年里,昕瞳已经制作了上百只形态各异的义眼。每个单眼者的情况都不同。眼腔的深浅、眼皮的弧度、眼角的形态……还有人并未摘除眼球,但失去了感光功能,只剩发灰的眼白。但他们的愿望是一样的。天南海北跋涉而来,他们将在这间小小的工作室里,获得一只新的眼睛。

对昕瞳来说,这意味着每一片义眼,都需要重新设计、不断调整。同为单眼者,她太能理解这些来访的人,带着怎样强烈的期待——得到一只看上去美观生动、戴起来舒适的义眼。

不久前,有个80多岁的北京爷爷,在儿子的陪同下找到昕瞳定制义眼。他的眼睛受伤近20年,前一年才摘除,他几乎忘记了自己曾经"正常的样子"。"眼球搞亮一点,我红血丝有点多,你多画点。"老人说,"我很爱美。"

"昕瞳"是成为义眼师后,她给自己取的新名字,寓意"新的眼睛"。她要制作一只又一只新的眼睛,将因失去眼睛而蒙尘的心逐个擦亮。

2."我终于能结婚了"

从武汉远道而来的姑娘坐在工作室门口的接待桌前,尝试和于师傅"讨价还价"。于师傅是昕瞳的合伙人,也是这家小型工作室的另一位义眼师。姑娘想让义眼片再薄一点。但于师傅寸步不让,"你戴上,正常眨眼看看"。尽管轻薄很重要,但匹配的弧度,才能贴合眼腔,空了反倒容易滑动,导致不适。来回试戴,姑娘的眼睛有点疼,于师傅继续埋头修改,双方都保持着友好的耐心。按照计划,姑娘将在次日上午收到制作好的义眼片,返程回家。

一枚义眼片的制作周期通常是两到三天。在线上简单了解情况后,昕瞳会和对方约好到店的时间。因为人手少,一天最多只能接待两三个人。节假日往往是最忙碌的时候,人们会趁着这个空当过来。

一对年轻的情侣踏着午后灿烂的阳光轻快地走了进来。女孩对着镜子,摘下眼镜,取出原来的眼片。早在童年时,她的左眼因为失用性斜视而失去了视力,眼球萎缩,只剩下一片浅浅的灰蓝色眼白。上高中前，她都是以原本的模样示人，面对同龄人时无比自卑。中考后的暑假，家人偶然间拿到一张济南义眼医院的传单。抱着试一试的心态，她们来到传单上的地址。一天后，她拿到了有生以来的第一枚义眼片——尽管它比她的眼眶大，戴上会有些疼。为了看起来正常，她选择了忍耐。习惯了之后，不那么难受了，但眼睛却总会流出黏稠的分泌物。

今年开始工作后，她攒了些钱，恰巧看到短视频平台上昕瞳的直播，"这个姐姐真温柔"。她决定来找昕瞳，定制一枚更好的义眼片。女孩刚戴上新的义眼，惊叹声就填满了小小的房间，"太逼真了"。男孩拉着她的手仔细端详，两人相视一笑。

"多戴一会儿。"昕瞳叮嘱，这是他们第二次来了。上一次回去后，女孩告诉她，眼片不受控制地转动了——这意味着形态不贴合，看上去会有种眼神乱飞的感觉，得修改。原来，她的眼眶被曾经那个不合适的义眼积年累月地撑大了。

"好像有声音。"男孩叫了出来，气氛安静下来，只剩下女孩在转动眼睛时轻微的"啵啵"声，就像用手指轻轻拍打水面发出的声音。昕瞳有些紧张，"会不会因为磨薄了？还是因为中间有空气？"女孩滴了眼药水，重新戴上，声音消失了。昕瞳松了口气——不是义眼不合适，只是戴的时候眼睛有些干，进了空气。

第四章

确定好后,这对情侣和昕瞳像朋友般亲昵地告别,他们准备赶上两小时后的高铁回去。大部分人都是如此,匆忙而紧张地赶来,匆忙而轻松地离开。昕瞳太理解这种紧张与轻松的交替。不少顾客都是抱着将信将疑的态度找到她,在此之前,他们往往被不合适的义眼折磨了多年。

对于单眼者来说,要挑选到好的义眼太难了。

中国目前并没有单眼失明人数的权威统计数据,据相关专家估计,这个群体人数在五百万左右。佩戴了义眼的,可能不过百万人。而这百万人里,能拥有一只好义眼的,更是少之又少。

市面上有不少量产的义眼,流水线产出千篇一律的规格大小,却要生硬地嵌入形状各异的眼眶。用的材料也不一而足,有亮度佳却易碎的玻璃,廉价而短寿的树脂,还有因为轻便和稳定而越来越通用的医用高分子材料。

近几年,国内的义眼工作室发展起来,但没有统一的工艺或标准,单眼者只能"碰运气"。有时候,他们只能选择将就。这不仅意味着假——黯淡的眼神、角度怪异的眼球,还可能造成诸如眼眶变形、发炎等问题。

前不久，工作室来了位东北大姐，她做的精品苹果进出口生意红红火火，是个精明干练的女强人。她不缺钱，但左眼却长年向下歪着，眼尾露着一扇肉粉，下眼睑被重力压迫成一个下垂的弧度。"这也太影响生活了，一个正常人怎么能接受眼神是这样的？"昕瞳感到很心疼。这样的情况并不少见，也意味着义眼片需要反复修补。

昕瞳有足够的耐心，尽量将舒适度和逼真度做到完美，"让单眼者不再遭受异样的眼光，不用时刻擦拭眼角渗出的分泌物，这是我目前能解决的事，我希望每个佩戴者都可以被温柔对待"。

昕瞳对一个女孩印象深刻。那时工作室刚开张不久。女孩很焦虑，要求不少，掺杂着怀疑。她婚期将近，但这桩好事却成了压在她心里的一块石头。她前后找过好些工作室定制义眼，三年里换了四五个，都不满意，觉得看起来太假。即便未婚夫并不在意这件事，但女孩无法接受，一想到一眼"穿帮"的义眼，不和谐地让美丽大打折扣，她就毫无结婚的欲望。终于，她拿到了昕瞳制作的义眼，戴上的一瞬间，她泪流如注。一个多月后，昕瞳在她的朋友圈看到了婚礼的照片，心中涌起一股暖流。

在面对繁杂的要求时，昕瞳也会感到有压力，而做义眼片本身也是个需要精神高度集中的精细活儿。但一次次的反馈，让她越来越自信——"我的专业性没问题,我也是义眼佩戴者,我太知道他们需要的是什么。"

3. "大不了撞南墙再回头"

在成为义眼师前,昕瞳也曾因为差劲的义眼而饱受折磨。

九年前刚开始戴的义眼,让她的眼睛胀痛,如被盐渍过般发红,不断流出黏稠的分泌物。眼片的摩擦导致眼内发炎,长出了多余的息肉——这让她不得不将义眼台摘除。在眼球摘除手术后,医生通常会为患者安装义眼台。这是一个由天然珊瑚制成的球体,如同人体本身的骨骼一般多孔、轻盈。植入后,新生的血管、组织漫入一个个小孔中,生长为一体。它不仅能填充眼窝凹陷,防止眼部的萎缩,还能带动义眼的转动。

直到现在,昕瞳也没有再次装上义眼台,"不想去受那个罪,太疼了"。她现在的义眼是异形的,背面有块厚厚的凸起,戴上也无法转动。难受又不好看,她一度放弃佩戴义眼,只在右眼上缠一块纱布。和闺蜜拍艺术照时,就拿一束花,去遮挡这片空洞的肉粉色。

她正闯入世界

　　于师傅就是在这时候结识的昕瞳。当时在健身房，他正埋头训练，发现身后一个像海盗般遮着一只眼的漂亮女孩在骑单车。后来，她的纱布摘掉了，他用余光瞟见她视线的方向，以为她在偷看自己。"怎么老瞅我呢？"他扭头确认，才感到不对劲，心里嘀咕着，"她咋一只眼瞅我，一只眼瞅那边呢？"他恍然大悟，原来这个女孩"眼睛有问题"。

　　这个女孩就是昕瞳，她当时是这家健身房的代课老师，教一群小朋友跳舞。熟识了后，两人时不时聊聊天。昕瞳告诉于师傅，自己同时还在一家义眼工作室做学徒，以后要为单眼者做出好义眼。于师傅感到佩服，"这女孩真是善良又有正能量"。

　　一天，昕瞳哭着给他打电话，说自己遇到了麻烦。原来，那家工作室的老板突然要求昕瞳离开。

　　于师傅40多岁，比昕瞳年长近两轮，在北京开了两家餐馆，常年做生意，阅历丰富。他分析下来，认为原因并非昕瞳做得不好，相反，是她做得太好了，掌握了别人要花很长时间才能领悟的技术。

　　昕瞳肯吃苦、爱琢磨。她练舞多年，习惯大开大合，原本心也不细，又少一半视野，刚学习的时候感觉步步都难，只能咬着牙强迫自己专注下来。国外的义眼制作技术领先,她就不断翻看论文,反复研习视频,再拿自己的眼睛做实验,前前后后做了几十个义眼,一次比一次逼真。

她变得特别爱观察别人的眼睛。这颗不过 8 克、小小的不规则球体,有着精密的工作系统,是能识别上千种颜色、容纳万物形体的迷人万花筒。中心的黑眼球如同花蕊,层层渐变的虹膜就是绽放的花瓣,在阳光下会产生微妙的色彩变幻。每一朵花都是独特的,有着自己的纹路、颜色与光泽。细细感受,甚至能发现它在呼吸,如同一条小小的鱼——那是肌肉在缩放。

昕瞳觉得自己准备好了,既然无法留下,便计划独立开店。哪承想对方知道了,气愤不已,警告她不要抢了自己生意,"不许在北京干"。于师傅为她打抱不平:"人家拿那么少钱,干那么多活儿,一年多了,他撵人走,还说这些不该说的话,凭啥啊?"

于师傅是东北人,幽默、讲义气。他本就是手艺人,有工匠情怀,做中国古乐器多年,用竹子制成五孔八尺长、音调圆润空灵的尺八;也做余音悠扬、象征着文人风雅的古琴。他心细、手巧,善做工具。认识昕瞳后,觉得做义眼是件特别有意义的事,于是也入了行,很快就上了手。

对于这场冲突，昕瞳选择了沉默。这个圈子不大，风言风语传了回来，对方颇有些高傲地嘲讽她和于师傅："一个跳舞的，一个开餐馆的，能做出什么好义眼片？"

她不愿反击，也不愿诋毁。于师傅看不过去，替她出了头，一个电话打过去："以后你不要骚扰她了。我们都靠技术说话，强强联手把义眼片做好了，多好，为什么要钩心斗角、你争我夺的？我们不是敌人，没有仇。"坚强乐观，是几乎所有认识昕瞳的人会给出的评价。不论九年前夺去右眼的那场车祸，还是晦暗自卑的时光，她都没有表现出低落。但谈到这件事，她忍不住红了眼眶，擦了擦泪水。

2021年，昕瞳辞去舞蹈老师的工作，全身心投入到工作室的创办中。

于师傅提醒过她很多次，创业是件难事，前期要吃不少苦头，赔了你能接受吗？你确定想好了吗？他打定主意，如果昕瞳表露出一丁点退却，他就劝说她放弃；如果她坚持，那他也坚定地入伙。昕瞳的父母一开始并不赞同她的决定，在老一辈眼里，女孩没必要那么辛苦，稳定清闲一点最好，比如回老家继续当舞蹈老师，或者安排个收银员这样轻松一些的工作，就是更好的选择。

昕瞳没有丝毫动摇。她性子倔,认定的事就要做,"大不了撞了南墙再回头"。曾经她想要的是一个绚丽的舞蹈人生,眼睛坏了之后,她的选择是接受新的自己,"服务更多像我一样的人,让他们能有更好的义眼片可以戴,这就是我的初心"。

4. 夺去眼睛的车祸

如果不是九年前的那场车祸,昕瞳或许能进入顶尖的舞蹈学校,成为某个知名舞团里的一员。

她从 8 岁起学舞,初一进入专业院校学习。像是命中注定般,她一下子爱上了古典舞。当肢体随着音乐划出柔美的弧度,她感到无比自信、放松和享受。基本功虽枯燥而辛苦,但她一点也不抵触,"舞蹈虐我千百遍,我待舞蹈如初恋"。

17 岁这年,昕瞳离开从小到大生活的城市乌兰察布,来到北京的舞蹈学校。这个决定是她自己做的,父亲纠结过,毕竟一年两万元的学费,对于这个内蒙古的普通工薪家庭来说也有些负担,但最终他还是同意了。

在艺校,她是老师、同学眼中"有前途、受重视"的学生。上过《星光大道》，有不少和明星同台演出的机会。在这个美好的年纪，她有梦想、有朋友，也爱美。她喜欢化妆，用大地色的眼影铺满眼皮，点缀亮晶晶的闪粉，再在眼尾勾勒一笔上扬的眼线。

她还喜欢戴棕色美瞳，它们有美丽的纹路和微妙的色彩，将双眼妆点得更加明艳。当时美瞳不便宜，在眼镜店或者药店动辄 100 多元一对。她那时没什么钱，就从早点、零花钱里省，放学后悄悄买下来，不知不觉攒下好多对。

然而，一切都在 2013 年底按下了休止符。

那时她刚满 18 岁，新年在即，爸爸开着车，带着她回山西姥姥家过年。她化了妆，卷了头发，穿上新衣服，打扮得漂漂亮亮。车上还有妈妈和弟弟、姑姑一家人，她坐在后排中间的位置，一路心情大好，唱唱歌，睡睡觉。

突然，睡得迷迷糊糊的昕瞳听到爸爸的大吼："刹车坏了！"没有反应时间，车门猛然打开，她被重重甩了出去，栽在了一片石子遍布的地上。她的脸被划出深深浅浅的伤口，右眼明显突了出来。心急如焚的父母掉头开回了内蒙古，却被告知无法手术，又赶紧开到北京，半夜 12 点多才住进了同仁眼科医院。辗转一路，她只剩下疼痛，好像全身都开裂了，"痛的地方太多了，最后都不知道到底哪里疼了"。舌头疼，脑袋痛，最痛的还是眼睛。

意识模糊间，手术同意书摆在了她面前。眼球摘除需经过父母和本人同意，她内心不想，但张嘴说话的气力她都没有，只能虚弱无助地签下了自己的名字。手术后，她整颗头都被纱布包得严严实实，直到半个月后才拆下来。看到镜子里陌生的自己，右眼在缝合线中，透出一片无边的肉粉色。昕瞳崩溃了："这还是我吗？"一个声音不断在脑子里回旋：一切都完蛋了。

舞蹈，工作，婚恋，人生……曾经的期待，瓦解成了一地碎片，将未来的可能牢牢封死。她变得敏感而暴躁，成天把自己关在家里。父母劝她出门走走，她愤怒地回应："出去干吗，让别人议论吗？"好友聚在一起聊天，无意间提起哪个美瞳或者哪盘眼影好看，昕瞳一下子被点着，"我又戴不了、抹不了"，瞬间跌回崩溃的谷底。

一次，她甚至忍不住把积攒的所有情绪，都化作了对父亲的指责——那场车祸的司机，"都怪你，就是你把我弄伤的！"对于父亲来说，这同样是场摧毁性的灾难。事故发生后，他看起来老了十几岁。他跑运输多年，是个经验丰富的司机，但却无法避免这场夺走女儿右眼的车祸。

她正闯入世界

昕瞳的父母不善言辞，不知如何安慰，只能暂时停掉了工作，留在家里陪她。母亲总是小心翼翼地问她想吃什么，得到回答后立即干劲满满地做。父亲常常从外面给她带回些小玩意儿，有时是一束花，有时是捏的小泥人，还有两只小鸡，没巴掌大，淡黄的一小团毛绒，跟在昕瞳背后叽叽喳喳地叫，"还挺有意思的"，她的心情渐渐好转。

乌兰察布的春天在不久后的四月降临。"不能再这样继续下去了，我想回到以前那样乐观、开朗的状态。"这个想法萌发了，此后越来越茁壮，她决定出门走走。

为了迎接久违的世界，昕瞳穿了一条连衣裙，涂了粉底和口红，在右眼处贴了块纱布。"外面的空气真好，阳光真好。"她在心底里感慨。她逛了街，看了看小发夹，买了些小吃，遇见的人们对她也十分友好和关心。

"世界没有我想象中那么灰暗。"昕瞳感到自己被一股又一股善意温柔地托起了。她开始出门跑步，听音乐，和朋友聚会，没过多久就回了学校。为了赶上落下的课程，同学在吃早饭、晚饭时，她仍旧留在教室里，压腿、劈叉，加倍努力地练习舞蹈。

第四章

5. 无法普通的人生

人并不是从谷底一跃而起，潇洒地将痛楚抛在身后。攀爬，滑落，攀爬，直至从谷底彻底抽身，这是一个反复而漫长的过程。他人的善意，平等地对待，也隔离不了时不时意外造访的低落情绪。

右眼的摘除，让昕瞳看到的世界变得失序而狭窄。空间感混乱了，明明是近在眼前的物体，她会误以为很远。进出门时，半个肩膀常笨拙地撞在门框上；倒水时，水会擦过杯子，洒落在桌上。剩下一半的视野，让她在过马路时，不得不夸张地转动脑袋，才能看清周遭来往的车辆。曾经做起来轻而易举的后空翻，少了双眼绘制的立体地图，怎么也做不标准。

一点一点，刻苦练习弥补了因休学而落下的进度，大脑也逐步适应了三维世界的降级，昕瞳的肢体也如同复苏般愈加和谐。但有一些事，却是始终无法克服的。

一次，昕瞳跳一段舞蹈，在方形的舞蹈室中，从一个斜角飞速转到另一边的对角。身体划出一个个圆弧，留头、甩头，她忘情地沉浸在节奏韵律中。突然之间，义眼片从眼眶里甩了出去。她赶紧用手捂住右眼，生怕吓到其他人。淘气的义眼片不知掉落在哪个小角落，她左顾右盼，找寻不到它的影子。室友们帮忙，来来回回细

她正闯入世界

细翻找，拾到后赶紧递给她。

昕瞳的心如同那片被甩出的义眼片一样，再度重重落地。她跑回宿舍，哭着打电话向父母倾诉。此后，再有旋转动作，她都会心头一紧，担心这样的事再次发生。和朋友去游乐园坐过山车，她回过神，"不好，我的义眼片要飞"，别人都因为翻转的刺激而尖叫连连，她怕的却是义眼片掉出来，只能全程死死捂住眼睛。

临近毕业，人人都畅想着心仪的院校。昕瞳也想，"如果能上北京舞蹈学院就好了"。但她深知这不可能——舞蹈表演，外貌是绕不开的考量因素。眼睛受伤的情况下，哪怕动作到位，无法到位的眼神，也会折损美感。最终，她上了一所山西的舞蹈学院。毕业后，眼伤让她在找工作时再度遇到了麻烦。

根据我国《残疾人残疾分类和分级》，如果单眼残疾，但另一只眼睛的视力大于等于0.3，则不属于视力残疾范畴。从文件标准来看，失去单眼并不等同于残障。但在大多数情况下，失去一只眼睛的人虽属于"普通人"，但却显然无法拥有普通人的人生。

学舞蹈，教舞蹈，是再自然不过的选择。不想，昕瞳一开始就屡屡碰壁，三家舞蹈机构接连拒绝了她，原因几乎都是"眼睛的问题"。她不禁自我怀疑，"我是不是真的当不了老师了？"但她还

第四章

是面试了第四家,结果成功了。老板见她很真诚,开门见山地告诉她:"你专业能力可以,也愿意学习,这样吧,你在我这儿从前台老师做起,一步步来。"

前台老师的工资很低,只有3000元。她通过考核,做到助教,再成为老师。教学之外,她每周都会用心地为每个学生拍对比照,在明信片上写下鼓励的寄语。她的学生主要是一群小朋友,问的问题都很直接,并都有一颗善良的心。昕瞳和他们在一起的日子简单纯粹,感到自己逐渐被治愈。

有小朋友问,"老师你的眼睛怎么了?为什么一大一小,一只还闭不上?"昕瞳耐心地告诉她,"老师的眼睛受过伤,这样的问题会让老师很伤心。"其他学生一下子记住了。下次再有类似的问题,立即有学生抢先回答:"你看老师多美,像《冰雪奇缘》里的艾莎公主。她眼睛受过伤,没什么的。"

在做助教时,有家长也曾介意昕瞳的右眼,偷偷找老板反馈,希望能换掉她。但老板站在了她这边:"这个女孩既专业又负责,您看看是否能给她个机会?"后来,其中一位家长还特意找到她道歉,肯定了她的能力,"孩子被您的自信和力量感染,特别感谢您"。

直到现在，昕瞳曾经教过的学生还会时不时在微信上问候她。有个女孩准备考北京舞蹈学院——昕瞳曾经向往的学府，女孩特地感谢她："您是我的启蒙老师，特别感谢您。"

即便昕瞳热爱舞蹈老师这份职业，也仍旧热爱舞蹈——一有兴头，她便能在任何场地翩然起舞。漆黑的雪夜，她戴着耳机，独自舒展；阳光四溢的公园，有人放音乐，她就冲上前自由发挥。舞蹈留下的快乐烙印从未退场，但她更确信的是，有一群人更加需要她。

6. 会发光的眼睛

2022年冬天，昕瞳为自己做了一只奇怪的义眼。它不是为了逼真，相反，它就是要假，假得不合情理，假得与众不同。那是枚会发光的假眼，炫目的紫，耀眼的红，纯净的白，绚丽的蓝，在黑夜中，随着音乐闪动。它的主人——昕瞳，像是诞生于异世界的魔法师，召唤着色彩的变换。

昕瞳在假眼里放置了一块能发亮的小芯片，开关由磁吸灯控制。创意来自一位外国博主的视频，她看到后觉得很酷，立即动手做了一个。昕瞳瞩目的新右眼在网络上吸引了上亿人的关注，也将单眼人士和义眼师推向了大众面前。她的本意并不是为了出风头。

第四章

她调皮地想，如果戴着这只眼睛去参加万圣节派对，或者在密室逃脱时搞怪，应该很有趣。

昕瞳还给自己做过几只好玩的义眼：有一只眼球上画着百变小樱，戴着王冠，还有一双淡金色的小翅膀；还有一只印刻着魔法阵，阳光下鎏金闪动，仿佛藏着神秘咒力。

通过这些不同寻常的义眼，她希望传递积淀下来的力量——失去一只眼的人生并不等同于残缺，同样可以肆意生辉。常有客人找她诉苦，义眼怎么样都不能和好眼睛一模一样。昕瞳的回答很直接：假眼就是假眼，我们要正视失去眼睛的现实。

她经历过失眼后的痛楚与自卑，那是一场内外同步进行的战斗。她既要抚平内心的不甘与痛楚，又要消化来自外部的歧视。上学时，有人开玩笑，喊她"海盗王"，如今到了适婚的年龄，又有人看似"好心"地劝说她认清自己的条件，适当放低标准。当消沉拖拽着她下坠，她选择了挣脱，不再困在满是泥泞的困顿中，而是勇敢地冲向通往更广阔天地的道路。意料之外的流量涌来，越来越多单眼者通过网络找到昕瞳。有人倾诉，有人感谢，有人咨询义眼定制。

也有不少人想要一只"奇幻义眼"。有个喜欢动漫的"90后"

她正闯入世界

男孩,找她做了一枚《火影忍者》里宇智波一族祖传的"写轮眼",偶尔出门溜达的时候戴上。也有人喜欢五彩缤纷的瞳孔,蓝的、绿的。还有个 3 岁男孩的母亲,询问能不能给儿子也做一枚发光的眼睛,"他说特酷"。昕瞳接过一小部分这样的单子,但大多数时候因为太忙,还是拒绝了,"还是希望把时间留给真正有需求的人,还原他们的正常生活"。

她的义眼工作室有一条看似"不太合理"的规定。顾客来定制义眼,不需要提前支付任何定金,等做好了,满意后再付款,不满意的话,可以不要。这样虽然看上去可能吃亏,但大多数人本着互信,让桩桩生意都能基本成功。流量带来了更多的顾客,也带来了潜在的风险——昕瞳的自媒体,前不久因为举报被暂时封禁了。

举报来自一位顾客。2023 年大年初八,一个邯郸姑娘因网络慕名而来,拿到义眼片后,感到很满意,交了全款。回去后,她却反悔了,说不好,戴着难受。昕瞳告诉她,只要把义眼寄回,就能全额退款。她拒绝了,要求额外一笔上万元的补偿。昕瞳没理会,她便四处留言,长篇大论,称昕瞳是"无良义眼师",呼吁抵制她,并在平台摁下举报键。

"这件事对昕瞳的打击可大了。"于师傅叹气,"这么久了,遇到过两个确实戴不了的人,大多数顾客都很好,只有这一个是故意找事的。"昕瞳眼眶红了,但泪没落下来,她说:"还是好人多。"

这场风波发生后,两位义眼师也自问,我们有问题吗?我们到底想做什么?他们的答案是一致的:"这是生意,但不只是为了赚钱,也为了帮助人,这是初心。"为了做好义眼片,他们坚持预约、定制,一片一片地做,一个月加起来最多十几个,生产上限摆在面前,还要随时处理突发事件,但"遇到问题解决就好了"。

在刚开始创业的时候,他们曾一起想方设法解决了很多问题。为了精进画技,他们去央美上课,把虹膜画出会呼吸的感觉。为了收集颜料,他们天南地北到处跑。没有做义眼的工具,于师傅动手做,镊子微妙的弯钩,迷你的小剪刀,称手的柄,都出自他的手。昕瞳擅长思考,对色彩敏感,负责观摩国外的视频,对技术进行拆解。

昕瞳的"机密技术",装在一个三层的亚克力小盒子里,"看,它们就像一个个小跳棋"。那是一个个假眼珠,昕瞳为了方便取放,在底部粘了胶,凸起部位放了一根小棍子。从幽深的漆黑,深邃的深棕,到浓郁的红棕,透亮的琥珀——原来,每个人看上去相近的"黑眼睛",会有如此丰富细微的色彩差异。

他们计划,今年有机会还要与外国的同行交流切磋,相互学习——在网络上认识的一位女士，丈夫是加拿大的义眼师，她盛情邀请他们前去交流。

昕瞳的修补还将继续。

她创造的填充物，是一只能填补空眼眶的义眼，也是一块击碎自卑与残缺的力量石。

女孩别怕

故事采写

辣辣

米酒

醉瓜

小张阿姨

刘三片

酸酸

故事编辑

辣辣

图书在版编目（CIP）数据

她正闯入世界 / 田静·女孩别怕著. -- 北京：台海出版社，2024.4
ISBN 978-7-5168-3803-7

Ⅰ.①她… Ⅱ.①田… Ⅲ.①故事—作品集—中国—当代 Ⅳ.① I247.81

中国国家版本馆 CIP 数据核字（2024）第 016952 号

她正闯入世界

著　　者：田静·女孩别怕

出 版 人：薛　原　　　　　　　封面设计：郑思迪
责任编辑：吕　莺　李　媚

出版发行：台海出版社
地　　址：北京市东城区景山东街 20 号　邮政编码：100009
电　　话：010-64041652（发行、邮购）
传　　真：010-84045799（总编室）
网　　址：www.taimeng.org.cn/thcbs/default.htm
E - mail：thcbs@126.com

经　　销：全国各地新华书店
印　　刷：三河市兴博印务有限公司
本书如有破损、缺页、装订错误，请与本社联系调换

开　　本：880 毫米 × 1230 毫米　1/32
字　　数：260 千字　　　　　　　印　张：8.75
版　　次：2024 年 4 月第 1 版　　 印　次：2024 年 4 月第 1 次印刷
书　　号：ISBN 978-7-5168-3803-7

定　　价：59.80 元

版权所有　翻印必究